오팔세대 정기룡,

오늘이 더 행복한 이유

오팔세대 정기룡, 오늘이 더 행복한 이유

정기룡 지음

나무생각

여는 글

대전동부경찰서 서장 시절에 관내에 대전역이 있었다. 대전역은 기차를 이용하는 사람들뿐만 아니라 노숙자들의 쉼터이기도 했다. 가끔 술에 취한 노숙자들이 사소한 이유로 싸움이 나서 파출소로 오는 경우가 있었다. 이때 그분들이 하는 말이 있다.

"왕년에는 내가 말이야, 이런 사람이었어. 그때 얼마나 잘나갔는데…."

당시는 거처도 없이 밖에서 지내는 분들이 괜히 허세를 부리며 하는 말이라고 생각했는데, 나 자신이 퇴직을 하고 매일 출근하는 곳이 없어지니 나도 모르게 "왕년에 내가…." 하는 말이 절로 튀어나온다.

과거에 어떤 일을 했고, 어떤 직위에 있었다는 것은 사실 현재를 성실히 살아가는 데 걸림돌이 될 뿐이다. 늘 차고 있었던 완장을 내려놓아야 지금 내가 서 있는 위치를 볼 수 있다. 나를 굳건히 지켜줄 것 같았던 그 완장 없이 나는 다시 맨몸으로 인생 후반기를 달려가야 한다.

학창 시절 때만 해도 대학을 가고, 군대를 가고, 취업을 한 다음 결혼하는 것까지를 인생의 목표로 삼았나. 결혼을 해서는 자식들 잘 키우고 시집장가 보내면 잘 사는 것이라 여겼다. 그렇게 내가 머릿속에 그렸던 삶의 숙제를 잘 완수해왔다고 생각했는데, 요즘은 '100세 시대'라고 한다. 퇴직 이후에도 40년이나 남은 인생의 계획표를 다시 세워야 한다.

퇴직 직전, 퇴근해서 하루 2시간씩 투자해 빵도 만들고, 두부도 만들고, 초콜릿도 만들어보았다. 안 쫓아다닌 강좌가 없고, 자격증도 부지런히 땄다. 수많은 시행착오가 있었지만, 지금에 와서도 시간 낭비라 생각하지 않는다. 그 시간들이 디딤돌이 되어 지금 지치지 않고 뛰어다닐 수 있는 힘이 되었기 때문이다.

얼마 전, KBS 〈아침마당〉 작가에게 연락이 왔다.

"소장님! 이번에 '50플러스 인생설계'라는 주제로 방송을 하려고 합니다. 섭외를 하고 싶은데, 혹 시간 되시는지요?"

마다할 일이 아니다. 빼지 않는 성격 탓도 있다. 방송국 분장실에서 아나운서로부터 방송 팁을 전해 듣고 녹화장으로 들어섰다. 방송이 시작되자 아나운서가 질문을 했다.

"소장님을 보면 열정이 젊은 사람 못지않다는 생각을 합니다. 소장님의 '50플러스 인생설계'는 어떤가요?"

"열심히 살 수밖에 없어요. 대신 즐겁게 살려고 노력합니다. 서울에 사는 사람들이 퇴직하고 나서도 가구당 평균적으로 257만 원이 필요하다고 합니다. 부모님은 수명이 길어지고 자녀들은 독립하지 않으니 가장들이 힘들지요. 특히 가장 힘든 게 자녀 결혼 비용이라고 합니다. 요즘은 스몰웨딩이다 뭐다 해서 검소하게 결혼하는 사람들도 많아졌지만 여전히 딸 결혼시키려면 평균 3,500만 원, 아들은 1억 이상 필요하다고 해요. 그러니 적절한 계획을 세우지 않으면 노년이 힘들어질 수밖에 없습니다. 자녀들에 대한 물질적 지원에도 적당한 거리가 필요해요. 부모 세대도 60세 이후의 삶을 즐길 줄 알아야 해요."

아나운서가 마지막 멘트를 부탁했을 때, 나는 건강하게 오래 살자는 말을 했다. 아무리 열정이 넘치더라도 건강이 허락하지 않으면 아무것도 할 수 없을 테니까.

《퇴근 후 2시간》(공저)이라는 책을 출간하면서 그간 살아온 나의 인생을 돌아볼 수 있었다. 그 뒤 5년이 지났고, 강연 등을 다니며 나와 같은 고민을 가진 수많은 사람들을 만나면서 그만큼 덜어내고 채운 것들이 있다. 그 소소하고 솔직한 이야기가 또 누군가에게는 도움이 되지 않을까 생각하여 두 번째 책을 써나가기 시작했다.

모두가 등에 한가득 짐을 지고 살고 있을 것이다. 공부, 진학, 취업, 자녀 부양, 부모 부양 등 모두 각자의 크고 작은 짐이 있다. 내려놓으면 큰일이 날 것 같아서 한 번도 내려놓지 못한 그 짐들…. 그 책임의 무게만큼 참 고단한 우리 인생이지만, 지금은 좀 더 멀리 내다보고 가볍게 걸음을 떼어야 할 때다.

50대 중반에 계급 정년으로 퇴직해서 평생 일하던 곳을 나와야 했을 때는 겁도 났다. 다시 출발선에 선 기분이랄까. 하지만 인생을 쉬면서 즐기기에 나는 너무 젊었고, 내면에서는 여전히 열정이 끓어오르고 있었다. 그래서 재미있어 보이는 것들은 뭐든 일단 시작해보았고, 그러다 보니 나에게 꼭 맞는 일도 찾게 되었다.

앞으로 5년 뒤, 10년 뒤의 계획을 세워놓고 쉼 없이 달려가고 있지만 계획대로 되지 않을 수도 있을 것이다. 몇 년 뒤 전혀 다른 일을 할 수도 있고. 하지만 누구보다 많이 도전하고 실패하면서 하루하루 살아가고 있다. 아직도 배울 것이 참 많은 인생이다.

2020년 정기룡

차례

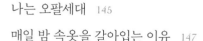

4장 아직도 배우는 중입니다

1장

여기서 멈출 수는 없습니다

대전중부경찰서 앞에는 지하상가가 있다. 경찰서로 출근을 할 때 자주 다니던 길이었는데, 모처럼 서점에 가려고 지하상가를 걷고 있을 때였다.

"서장님, 서장님!"

누군가 싶어 돌아보니 중부경찰서에서 강력팀장을 지냈던 임 경감이 나를 부르고 있었다. 임 경감도 이미 퇴직을 한 상태여서 이후로 만날 기회가 없었다. 오랜만에 얼굴을 보니 예전 모습 그대로였다.

나는 반갑게 알은체했다. 그러면서 동시에 놀란 기색을 감추었다. 바로 옷차림 때문이었다. 경비 모자를 쓰고 경비복을 입고 있는 임 경감의 모습을 보고 속으로 놀랐지만 그것도 잠시였다. 존경스러운 마음이 들었다.

불과 얼마 전까지 근무했던 경찰서 앞에서 당당하게 경비 일을 하고 있는 모습을 보고, 나라면 어땠을까 생각해보았다. 창피하다, 동료들에게 미안하다 등의 변명거리를 찾으면서 도저히 용기를 내지 못했을 일이다.

“서장님, 요즘은 집에서 나오면서 ‘다녀올게.’ 하는 소리를 하는 게 얼마나 큰 행복인지 알겠더라고요. 현역 때는 모르고 살았는데…. 지금은 아침마다 나갈 곳이 있어서 얼마나 좋은지 모릅니다.”

임 경감의 표정은 정말로 행복해 보였다.

“경비 일 시작하고 하루에 못해도 10킬로미터는 걷고 있습니다. 여름에는 에어컨 빵빵하게 나오지, 겨울에는 따뜻하게 히터 나오지 얼마나 좋다고요. 큰 사건이 일어난 적도 없지만 사건 생기면 경찰서 가까워서 또 얼마나 좋습니까?”

임 경감은 ‘남들이 나를 어떻게 생각할까.’ 따위 신경 쓰지 않고 자신의 삶을 선택하고 당당하게 살고 있었다.

실제로 다른 사람들은 ‘나’의 삶에 그다지 관심이 없다. 저마다 살기 바쁘다. 그런데도 나 스스로가 그런 시선을 신경 쓰면서 아무것도 못하고 있다.

내가 과거에 무슨 일을 했는지, 어떤 위치에 있었는지는 중요하지 않다. 지금 내가 무슨 일을 하느냐가 중요한 것이다. 내 이름 옆에 걸려 있는 경찰서장, 박사, 고문 등등 그동안 차고 있던 완장들은 과거의 완장에 지나지 않는다. 가급적 빨리 완장을 벗어던지고 새로운 일을 찾아야 할 때다. 과거의 완장이 발목을 잡고 있다면, 얼른 다 내려놓자. 내가 '지금' 무슨 일을 하고 있는지 자신 있게 말할 수 있으려면 지금의 나를 움츠리게 붙잡는 마음, 완장을 내려놓을 용기가 필요하다.

당신의 변신은 무죄

경찰에서 퇴직을 한 선배, 동료들과 한 달에 한 번 모임이 있다. 모임 장소는 수십 년 동안 바뀌지 않고 한결같다. 모이면 회비 만 원을 내고 다 같이 점심을 먹는 게 고작이다.

모임 시간은 12시지만 다들 약속 시간보다 일찍 도착한다. 한 달 만에 만나 안부로 시작한 이야기는 누가 아프다, 누가 죽었다 하는 내용들이 점점 늘어난다.

현역 시절 같으면 한 사람이 소주 몇 병씩은 비웠겠지만 지금은 소주가 무한리필이라고 해도 여섯 명이 한 병을 비우지 못한다. 식당 벽 광고판에 있는 '건강은 건강할 때 지킨다.'라는 문구를 보면서 잔에 소주 대신 물을 채우고 건배를 했다.

식사가 끝난 지 한참 되어도 누구도 자리에서 일어날 생각이 없어 보였다. 몇십 년 전 상사 이야기나 좋았던 추억들을 떠올리면서 꺼내는 이야기는 매번 똑같지만 매번 신이 나서 해대니 서로 말이 겹친다. 그럴 때면 "이제부터 말하고 싶은 사람은 만 원씩!"이라고 하고 싶을 정도다. 통 넓은 바지와 깊어진 얼굴 주름, 숱이 적은 머리를 빼면 마음만은 그 시절 청춘으로 돌아가보는 즐거운 시간이다.

서장 출신의 한 선배는 나이가 80에 접어드는데, 빨간 머플러를 두르고 반짝이는 구두를 신고 나타났다. 부인과 사별한 지 10년이 된 그 선배는 혼자 사는데도 요즘 유행인 통이 좁은 바지를 입었다.

요즘 어떻게 지내냐고 물어보니 역 앞으로 춤을 추러 다닌다고 했다. 등산을 좋아해서 자주 다녔는데, 이젠 나이가 들어 힘에 부쳐서 못 간다고 했다.

"예전에 춤을 배운 적이 있었는데, 나이가 드니 그중에 박자가 느린 블루스는 할 만해."

선배는 춤을 추러 가면 할머니들 사이에서 파트너 신청이 끊이지 않는다고 자랑을 한다. 가만히 지켜보니 점심을 먹고 가져온 칫솔로 양치를 한 뒤 손가락만 한 향수병을 꺼내서 향수까지 뿌리는 게 아닌가. 확실히 나이보다는 젊게 사는 듯 보였다.

그 모습을 보고 '내가 저 나이가 되면 저런 모습으로 늙어갈 수 있을까?' 하는 생각이 잠깐 머리를 스쳤다.

'백화점에 가서 요즘 유행하는 옷을 고를 수 있을까?'

'최근에 나온 영화를 보러 갈 수 있을까?'

우리는 아주 조금씩 나이가 들고 서서히 변해간다. 늙지 않는 사람은 없으니 말이다.

내가 선배처럼 블루스를 추는 모습을 머릿속으로 그려보았다. 생각만 하고 미루었던 일들을 다시 떠올려보니 그때 바로 시작하지 않았던 것들이 아쉽기만 하다.

그래, 일단 저지르고 보자. '인생은 한 번뿐'이다.

출발선에 서서

아내와 텔레비전을 보고 있는데, 하필이면 화면에 나온 사람이 쉰다섯 살, 아내와 동갑인 여성이었다.

"나보다 한참 위인 줄 알았는데, 여보, 나도 저렇게 나이 들어 보여?"

아내의 질문에 나는 머뭇거리지 않고 이렇게 대답했다.

"아니, 당신은 50대 초반으로 보이지."

아내의 얼굴이 환해졌다.

어린 시절 할머니, 아버지, 어머니가 학생 때나 젊을 때 이야기를 하면 도무지 그 모습이 상상이 되지 않았다. 그냥 태어날 때부터 할머니이고 아버지이고 어머니일 것 같았기 때문이다. 그런데 내가 점점 나이가 들고 아버지, 할아버지의 위치에

서게 되니 사람은 늙으면서 역할이 변해간다는 것을 알게 되었다. 자식도 마찬가지다. 아들이 한창 예쁠 적엔 이대로 멈췄으면 좋겠다 싶은 마음이 종종 들곤 했는데, 그 아들이 어느새 세 아이의 아빠가 되어 있다.

일을 할 때도 그렇다. 죽을 때까지 이곳에서 이 일을 할 것만 같았는데, 퇴직을 하고 보니 덜렁 혼자 남은 기분이 들었다. 별일 없이 안부차 동료에게 전화를 걸어도 "무슨 일이 있냐?"라고 되물으면 말문이 막혔다. 매일같이 드나들던 경찰서 앞을 지날 일이 생기면 일부러 정문을 피해 빙 돌아갔다.

퇴직을 하고 초반에는 건강 관리와 취미 생활을 즐기겠다고 등산을 다녔다. 사람들이 붐비는 주말에는 몰랐는데 주중이 되어 한적해지니 죄다 퇴직한 사람들인 것만 같았다. 산에서 내려와 들른 목욕탕에서도 사정은 마찬가지였다. 그래서 평일이 아닌 주말에 등산을 다녔다. 인파 속에 묻혀 산을 오르고 내리면 내가 퇴직자라는 사실로 우울해지지 않기 때문이다.

출근할 때 집을 나서면서 "여보, 나 출근해."라고 했던 말과 퇴근길에 치킨을 사 들고 가서 "아빠가 치킨 사왔다."라고 소리치던 말조차 그리운 나이가 되었다.

2030년이 되면 사람의 평균수명은 여성은 평균 91세, 남성은 평균 84세라고 한다. 일선에서 물러난 60대는 얼추 40년을 살아가기 위해 다시 준비해야 하는 셈이다.

화려한 과거의 유령이 지금의 나를 붙잡고 있으면 출발선에 설 기회조차 놓치게 된다. 과거의 호흡으로 현재를 산다면 그것은 지금 나의 발목을 잡는 족쇄가 될 뿐이다. 내가 과거에 붙들려 있는 동안에도 세상은 흘러가고 사람들은 변해간다.

지금은 황색 점멸등 앞에 서 있는 60대지만 직진으로 향하는 푸른 신호등을 바라보고 다시 나아가야 할 때다. 살아 있는 동안 멈추지 않고 새로운 시도를 계속 해나가는 것은 내게 부여된 삶에 대한 책임이자 의무가 아닐까.

비울 것과 채울 것

"서장님, 이번에 박사학위 논문이 통과되었습니다."

후배에게 건네받은 박사 논문을 넘겨보니 첫 장에 감사의 글을 써놓았다.

"평상시 아껴주신 덕분에 이번에 학위를 받았습니다.

앞으로도 많은 지도 바라겠습니다."

어려운 여건 속에서도 박사 과정을 마친 후배가 기특했다. 논문을 들고 집으로 돌아와 어디에 둘까 살피면서 모처럼 책장을 둘러보았다. 책장이 꽉 차서 둘 곳이 마땅치 않았다. 그러고 보니 얼마 전 후배의 석사학위 논문도 받아서 사무실 책장에 꽂아두었던 기억이 났다.

요즘은 논문뿐만 아니라 퇴임식 자리에 가도 자서전을 받아오고, 이런저런 사람들 출판 기념회도 많아 그때그때 받은 책들이 제법 책장을 차지하고 있다. 하긴 나도 2007년에 박사 논문을 100권 제작해서 지인들에게 돌린 적이 있다. 그때 논문을 받아든 사람들도 지금 나처럼 어디다 둘지 난감해했을 깃 같다.

내 논문 또한 13년 동안 묵은 먼지가 쌓인 채로 한자리 차지하고 있었다. 언젠가 한 번은 보겠지 싶어서 꽂아두었다가 한 번을 꺼내 읽지 않았다. 그런 책들이 쌓이고 쌓여서 책장에는 빈틈이 없다. 버리면 또 찾을 것 같기도 하고, 또 그때의 추억 때문에도 못 버리고 있다. 거기다 최근 공부한다고 모아둔 신학 책까지 한가득이다.

아내에게 물었다.

"여보, 책장이 온통 신학 책으로 도배됐는데, 나 죽고 나면 이것들을 다 어떻게 하지?"

"그럼 지금이라도 신학생들에게 나눠주세요."

아내의 말에 다시 보지 않을 책이라는 걸 알면서도 아까운 마음이 드는 것을 보니 아직 버리는 연습을 한참은 더 해야 할 것 같다.

이사를 다닐 때마다 큰맘먹고 많이 버렸는데, 애써 비워놓은 공간은 어느새 다른 물건들로 채워지고 있었다. 책들을 뒤적거리다 문득 이런 생각이 들었다.

'물건에도 선배가 있으려나? 버리는 것도 순서가 필요한가?'

이런 생각이 꼬리를 무니 오래된 것이라고 해서 1순위로 버릴 것은 아니라는 생각이 들었다. 그러다 보니 또다시 못 버리게 된다.

이제는 보이는 것을 채우기보다 보이지 않는 것을 채워야 할 때다. 그동안 보이는 것을 채우는 데 급급했더니 다른 것을 채울 빈 공간이 없다. 두렵고 떨리더라도 비울 것에 미련 갖지 말자. 그래야 나이 헛먹었단 얘기 듣지 않고 좀 더 풍성한 노년으로 채워갈 수 있을 것이다.

퇴근 후 2시간

퇴직을 2년 앞두고 있을 때는 무척 고민이 많았다. 계급 정년으로 내 나이 55세에 퇴직을 하지만 그 나이는 한창때가 아닌가. 박사학위가 있으니 대학에서 강의를 할 수 있지 않을까 했지만 그것도 만만치는 않았다. 그때만 해도 막막했다.

현직에 있을 때 '내 인생, 도전 빼면 없지.' 하는 마음으로 이것저것 배우러 뛰어다녔다. 제빵제과 자격증도 따고, 떡 학원에 등록해서 떡 만들기를 배우고, 중앙시장 떡집에 가 직접 실습도 해봤다. 이뿐인가, 웰빙 시대라고 하니 두부도 배워보고, 트렌드에 맞게 수제 초콜릿, 바리스타 공부도 했다. 술 먹는 시간, 텔레비전 보는 시간, 친구 만나는 시간 줄이고 불철주야 뛰어다닌 이력들만 모아도 책 한 권은 나올 것이다. 이 지난한 과정을 다 거치고 찾은 적성은 은퇴설계 강사였다.

경찰서장 시절 직원 교육 차원에서 재미있게 강의를 하는 분을 찾다가 우연히 소통전문가 김창옥 씨와 인연을 맺게 되었다. 당시에도 소통 강의로는 단연 최고였다. 이후 김창옥 씨가 진행하는 소그룹 트레이닝 강사 과정을 신청해 들은 적이 있었는데, 거기서 나의 새로운 가능성을 발견하게 되었다. 나의 무수한 시행착오들과 강사로서의 재능이 합쳐져 또 다른 분야를 개척하게 된 시점이다.

인연은 늘 예상치 못한 곳에서 이어지고 있었다. 중부, 둔산 등 네 지역의 경찰서장을 하면서 나는 매주 월요일 아침에 동료들에게 이메일을 보냈다. 이름하여 '우체통'이었다. 직원들과 거리를 좁히기 위한 나만의 방법이었다. 소소한 일상 이야기를 써서 보냈는데, 생각보다 반응이 좋았고, 목적한 바대로 동료들과 거리도 한층 좁혀졌다. 그 글을 모아보니 양이 꽤 되었다. 퇴임 때 동료들이 제본을 해서 책을 만들어줄 정도였다.

트레이닝 강사 과정을 공부할 때, 같은 그룹에 출판사 대표님이 한 분 계셨는데, 그분께 나의 이야기를 책으로 엮는 것에 대한 조언을 구했다. 그렇게 해서 나온 책이 《퇴근 후 2시간》이다. 책에는 퇴임을 전후로 한 나의 무수한 도전들과 실패, 그리고 그간의 열정들이 고스란히 담겨 있다.

삶은 계획대로 이루어지는 것보다 계획대로 안 되는 일이 더 많다. 노력해도 안 되기도 하고 운이 나쁘면 많은 걸림돌을 만날 수도 있다. 하지만 10년 뒤 후회할 것이라면 지금이라도 당장 시작해야 한다. 지금 뭘 시작하느냐에 따라 10년 뒤 내 모습이 달라질 것이기 때문이다.

50, 60이라는 나이가 걸림돌은 아니다. 흔히 니이는 숫자에 불과하다고 한다. 목표만 있다면 나이와 상관없이 뭐든 할 수 있다. 바람이 불어 잠시 흔들릴 수 있지만 흔들리면서도 제자리를 만들어가는 것이 인생이 아닌가.

네 인생은 내 것이니까

내 주변에는 아버지의 직업을 따라 아들도 경찰이 된 경우가 제법 있다. 경찰을 대물림한다는 게 좋아 보였다. 나도 아들이 경찰이 되면 어떨까 생각했다. 그래서 아들에게 행정학과를 들어가서 경찰을 해보면 어떻겠냐고 했더니, 아들의 대답이 칼 같았다. 본인은 경찰이라는 직업은 아닌 것 같다고 했다. 그래서 뭘 하고 싶냐고 물었더니 신학을 공부해서 목사가 되겠다고 한다.

목사는 아무나 되는 게 아니라고 했지만 아들은 뜻을 굽히지 않았다. 나는 평소 자신의 인생을 스스로 결정하고 살아야 한다고 여겼기 때문에 끝까지 말릴 생각은 없었다.

결국 아들은 침례신학대학에 진학했다. 신학대학은 어떤

분위기인가 싶어 등교 첫날 아들에게 학교 분위기를 물었더니, 학과 친구들 아버지가 대부분 목사라고 했다.

아내가 나더러 장차 목사가 될 아들을 위해서 이제 밤늦게 술 마시는 것도 줄이고 이참에 야간 신학대학원을 다녀보면 어떻겠냐고 넌지시 제안했다. 아들도 대학원에 진학할 테니 아버지가 미리 인맥도 쌓고 아들을 이끌어주면 좋겠다는 말이다.

나도 신학 공부를 해보고 싶었던 차에 침례신학대학원 야간반을 다녔다. 중부경찰서장 시절 일이다. 그렇게 3년 동안 열심히 대학원에 다니면서 잘 정리한 노트와 그동안 사놨던 기독교 서적을 인계하려고 아들과 마주 앉았다. 그동안의 내 노력과 성과를 물려준다는 뿌듯한 마음도 들었다. 그런데 아들이 뜬금포를 날렸다.

"아빠, 드릴 말씀 있어요. 신학 공부를 해보니 나랑 안 맞는 것 같아요. 그 대신에 하고 싶은 일이 생겼어요. 삼촌이 타이어 가게 하시잖아요. 그거 도우면서 일을 배워보려고요."

아들의 결심을 듣고 황당했지만 고개를 끄덕여주었다.

"그래! 이것이 아니다 생각하면 바로 돌아서는 것도 지혜야. 잘 생각했어."

말은 그렇게 했지만 마음은 씁쓸했다.

그리고 그 당시에는 놀랐다. 아들의 이 말이 또 얼마 가지 않아 바뀌리라는 걸.

아들은 스물한 살에 속도위반으로 결혼식을 했다. 그것도 군대에 있을 때다. 아들 나이가 이제 서른인데, 아이가 벌써 셋이다. 국가 출산장려정책에 대단한 일조를 한 셈이다.

아이가 셋이나 있는 가장인데도 아들은 또 직장을 옮기겠다고 선언했다. 자동차 영업을 하겠단다. '캐딜락'에 들어가서 일을 하던 어느 날 아들이 또 할 말이 있다고 했다. 가슴이 철렁했다. 그런데 아들이 이번 달 판매량이 가장 높아 포상으로 제주도 1박 2일 여행을 간다고 했다.

"이 일이 체질인 것 같아요."

가슴을 쓸어내렸다. 그래, 네가 좋아하는 일을 지금 하고 있다면 그것이 행복이지.

처음처럼

총각 시절 상사로 모시던 수사과장님이 사귀는 여자가 있냐고 물어서 없다고 하니 대뜸 서천에 사는 조카딸을 소개해 주겠다고 했다.

"조카가 초등학교 선생인데, 얼마나 착실한지 이미 대전에 주공아파트까지 마련했어."

수사과장님 이야기를 어머니에게 전했다. 초등학교 교사 출신인 어머니가 무조건 만나보라고 하셔서 반쯤 등 떠밀리듯 약속을 잡았다.

일요일 2시, 장소는 당시 동양백화점 다방이었다. 맞선 자리에 나가는 것이라고 목욕도 다녀오고 평소와는 다르게 잔뜩 멋도 부렸다. 어떤 여성이 나올지 상상하며 혼자 들뜬 마음으로 약속 장소에서 기다렸나. 상대 여성은 수사과장님 부인과 함께 나타났다. 그런데 문을 열고 들어오는 순간 '아니다' 싶은 마음이 들었다. 사모님이 우리 조카딸이 착하고 순수하다며 자랑하는데, 착하게는 보였다. 하지만 내 머릿속은 복잡했다. '어떤 말을 해야 이 여성이 나를 싫어할까.' 하는 생각도 들었다.

다행히 사모님이 둘만 있으라며 자리를 피해주었다. 그때부터 경찰 일이 힘든 일이다, 봉급은 겨우 28만 원이다, 아버지는 실직하셔서 집에 계신다… 구구절절 이야기를 늘어놓았다. 내 이상형과는 거리가 있어 잘 보이고 싶은 마음이 들지 않았기 때문이다.

간단히 차만 마시고 헤어진 뒤 돌아와서 사모님께 전화를 드렸더니 그렇지 않아도 전화하려고 했다며 먼저 말을 꺼냈다. 상대가 나를 마음에 들어 한다고 했다. 솔직한 성격이 좋다고 했단다. 일주일 동안 고민하다가 안 되겠다 싶어서 사모님에게 조카가 내 이상형이 아니라고 했더니 그럼 없던 일로 하자고 했다.

그리고 그 주말에 서울 집을 다녀오는 길에 무궁화표 열차표를 사려고 줄을 섰는데, 다섯 번째 앞에 서 있는 여성을 보는 순간 눈길을 돌릴 수가 없었다.

'아, 예쁘다.'

그 생각만 하고 기차를 탔는데, 그 여성이 내 옆자리에 앉는 것이 아닌가! 나는 떨리는 마음을 가라앉히려고 행정학 책을 꺼내서 보는 척했지만 글이 눈에 들어오지 않았다. 수원쯤 갔을 때 겨우 용기를 내 홍익회에서 파는 '봉봉'을 사서 건네며 말을 걸었다. 말을 들어보니, 대전에 살고 있으며, 며칠 뒤 졸업 미술 전시회를 한다고 했다. 나는 좋은 핑곗기리가 생겼다 싶어 전시회에 꽃다발을 들고 갔고, 지금 그 여성과 몇십 년째 한 집에 살고 있다.

이 나이가 되어 아내를 위해 설거지를 하고 차를 끓이면서 문득 젊은 시절 수사과장님이 소개해준 여성 생각이 났다. 지금은 대전 시내 교장 선생님이 되었으며, 어디께 5층짜리 건물도 있다는 소식을 전해 들었다. 살짝 아쉬운 생각도 들었다.

아내에 대한 충성도가 떨어졌나? 처음 기차에서 만났던 설렘은 애저녁에 증발하고 없다. 사실 몇십 년을 같이 살았어도 아내에 대해 여전히 모르는 게 많다. 5층 건물주는 머릿속에서 미련없이 털어내고 그 시간에 아내에 대해 관심을 갖는 것이 백번 유익할 것이다. 오늘따라 전광판 광고가 눈에 들어온다. 처음처럼!

을지훈련을 하면 첫날 새벽 6시에 전 경찰의 휴대전화가 울어댄다. 경찰서로 당장 소집하라는 것이다. 퇴직 후 한 달이 지나서 을지훈련을 한다고 방송이 나오는데, 27년간 울렸던 전화벨이 울릴까 시선이 갔다. 하지만 벨은 울리지 않았다.

경찰서장 시절 하루에 수십 통이던 전화가 요즈음은 세 통뿐이다. 한 통은 어디 있는지 묻는 아내 전화이고, 한 통은 대출해준다고, 한 통은 휴대전화 교체해준다고 온다. 그렇게 매일 매미처럼 울어대던 휴대전화가 너무 울리지 않아 처음에는 몇 번씩 확인하기도 했다.

퇴직을 하고 달라진 것은 또 있다. 아침과 점심 겸해서 아점을 먹는다는 것, 경찰 일을 알아봐 달라고 하던 사람들이 없어졌다는 것, 또 예전에는 주말에 쉴 때가 좋았는데, 퇴직하고 나서는 일주일 내내 주말이라는 것도 달라진 점이다. 근무했던 경찰서에 전화 걸기가 불편하고, 예전에 같이 근무했던 사람을 만나면 무슨 일을 하는지 물어볼까 봐 두렵다는 점도 있다. 예전에 늙고 초라해 보였던 선배가 지금 내 모습이 아닐까 생각되기도 한다.

'이제 과거의 영광은 모두 버리고 새로 시작하자.'

이렇게 마음먹고 퇴직 후 제일 먼저 짐 정리를 했다. 옷장을 열어보니 27년이나 입었던 경찰 정복이 걸려 있었다. 다시 입을 일이 없을 것 같아 버리자고 마음먹었지만 정복이니까 그래도 가지고 있어야 할 것 같아 버리지 못했다. 서재에는 25년 전 승진 시험 때 보던 행정학 책이 먼지를 쓴 채로 꽂혀 있었다. 펼쳐보니 연필로 필기한 내용이 가득했다. 그것도 추억이 되어서 버릴 수가 없어 다시 그 자리에 두었다. 경찰모라도 버리려고 했더니 아내가 나중에 손자에게 보여줄 거라고 챙겼다. 과연 손자가 낡은 모자에 관심이 있을까.

버나드 쇼는 묘비명에 "우물쭈물하다가 내 이럴 줄 알았지."라는 글을 남겼다고 하는데, 나야말로 우물쭈물하다가 버리지도 못하고 이렇게 쌓아두고 살아가는 건 아닐까 하는 생각이 들었다. 무언가를 하려고 해도 우불쭈물 버리지 못하는 것들이 발목을 잡고 늘어지는 통에 좀처럼 가볍게 움직여지지가 않는다.

퇴직을 며칠 앞두고 쓸쓸한 마음이 들던 차였는데 한 과장이 서장실로 들어왔다. 그래도 찾아주는 과장이 고맙기만 했다. 그랬는데 뜬금없이 "서장님, 다음에 오실 분은 어떤 분인지 혹시 알고 계시나요?"라고 물었다. 떠날 사람에게는 관심이 없고 온통 새로 올 사람에게만 관심이 있었다. 섭섭했지만, 나도 예전에 그랬으니 피장파장이다.

그동안 업무를 봤던 책상도 달리 보이고 컴퓨터, 옷걸이에도 눈이 갔다. 내가 떠나도 누군가가 이 자리에 올 테고 나는 잊혀진 사람으로 남을 것이라고 생각하니 모든 것이 아쉽기만 했다.

행사를 담당하는 과장을 불러 이번 퇴임식은 송별사, 답사,

사진, 그런 것은 생략하고 축제 분위기로 하면 좋겠다고 했다.

“이제 인생 전반기를 졸업하고 새로운 후반기로 진학하는 데 축하해줘야지. 나도 노래 한 곡 할게.”

경찰서에 있는 자칭 가수 김갑보 경위에게도 노래 한 곡 뽑으라고 했다. 퇴임식날 갑자기 경찰서 분위기가 바뀌었다. 대회의실이 쿵짝쿵짝 분위기로 행사가 시작되었다. 김 경위가 먼저 선글라스에 백색 양복과 빨간 구두로 분위기를 한껏 살렸다. 참석한 사람들이 박수를 치며 앙코르를 요청했다. 사회자도 분위기를 띄웠다.

“서장님, 동기 중에 제일 먼저 총경을 달더니 제일 먼저 나가시는군요. 우리에게는 항상 쫓아낼 때까지 질기게 하라고 하셨는데, 기분이 어떠십니까?”

그동안 좀 더 잘할 걸 하는 마음이 들었다. 앞으로 나가 참석한 사람들에게 감사 인사를 하고 노래를 불렀다.

“떠나는 이 마음도 보내는 이 마음도
너만을 사랑했노라 진정코 사랑했노라”

중간에 목이 메어서 울어버렸다. 앙코르 곡까지 준비했었는데….

어찌 됐든 축제처럼 멋지게 시작하고 싶었던 나의 인생 후반전. 퇴직을 하고 벌써 8년이 되었다. 축구가 전반전이 끝나면 휴식할 수 있는 하프타임이 있다. 지금 나는 하프타임에 서 있다. 이 휴식 시간에 작전을 잘 세워야 후반전에 성공적인 플레이를 할 수 있다.

"과장님, 별일 없으면 저 6시에 퇴근하겠습니다."

"그렇게 해. 집안에 무슨 일 있나?"

그냥 무심코 던진 말이었는데, 부하 직원이 머뭇거리며 말을 꺼냈다. 자신이 경찰이 된 건 아버지의 바람이었고 자신의 진짜 꿈은 셰프였다는 것이다. 그래서 최근 퇴근하고 요리 학원을 다닌다고 했다.

"제가 만든 음식을 다른 사람들이 먹는 걸 보면 그렇게 좋을 수가 없어요. 요즘에는 학원 가서 파를 썰고 양파를 다듬고 요리를 할 때가 제일 즐겁습니다."

부하 직원이 경찰 일보다 다른 일이 재미있다는데 불편하기는커녕 부러운 마음이 들었다.

그는 주말만 되면 일부러 시간을 내서 여기저기 맛있는 요리를 먹으러 다닌다고 했다. 레시피도 물어보고 사진도 찍으며 자신만의 요리 노트를 정리하고 있었다. 그중에서도 특히 고등어 요리를 좋아해 전국 유명 고등어 요리점을 안 가본 곳이 없다고 했다.

"일단 한식을 배우고 있는데, 자격증 따면 일식에도 도전을 해보려고요. 최종 목표는 복 요리사입니다."

신이 나서 음식 설명을 하면서 퇴직하면 식당을 차릴 계획이라고 했다. 머릿속에 이미 미래에 대한 설계가 확실히 서 있었다.

그때부터였을까. 나도 구체적으로 '하고 싶은 일'을 고민하고 여기저기 찾아다니기 시작했다. 지금은 수많은 시행착오들을 거치고 은퇴 준비생들을 대상으로 강의를 하고 다니는데, 천직이나 되는 것처럼 몸에 착 맞았다.

언젠가 강의를 마치고 나오는데, 한 수강생이 명함을 달라고 했다.

"강사님, 오늘 강의를 한마디로 어떻게 말할 수 있을까요? 어떤 일을 하고 살아야 하는지 한마디로 말씀해주실 수 있으신지요?"

갑작스러운 질문에 당황했지만 그때 문득 같이 근무했던 그 부하 직원이 떠올랐다.

"가슴 뛰는 일입니다. 내가 하고 싶은 일을 하고 사는 것, 내가 남보다 잘하고 재미를 느끼는 일을 해야 합니다."

"그럼 강사님은 지금 하고 싶은 일을 하고 계신가요?"

"네, 저는 지금 너무 행복합니다. 나와 같은 입장에 있는 사람들을 찾아가 강의하는 것도 재미있고, 노래 강사도 하고 있지만 일단 노래를 듣고 부르는 것 자체가 너무 좋습니다."

나는 지금도 매번 '무슨 일이 가슴이 뛸까?'라고 스스로에게 물어본다. 문득 그런 마음이 들었다. 생각하는 자체가 가슴이 뛴다고.

나를 안아주자

《퇴근 후 2시간》을 출간하고 나서 나의 피아노 레슨 선생님이며 작곡가인 선생님께 작곡을 부탁드렸다. 책 내용을 바탕으로 내가 작사를 한 뒤 거기에 곡을 붙여달라고 했다. 노래 제목은 〈퇴근 후 2시간〉.

"아이들이 아빠를 찾고 아내가 날 찾을 때
어디에서 난 무얼 하고 있었나
수십 통의 전화도 이젠 스팸문자 달랑 세 통
식탁의 내 자리는 아내가 차지했네 (아이고, 내 신세)
아- 지나간 시간 아- 그리운 시간
아- 있을 때 잘할걸 퇴근 후 2시간

아- 지나간 세월 아- 그리운 세월
이젠 다시 시작해 퇴근 후 2시간 오늘"

자기 노래가 되려면 천 번은 넘게 불러야 한다고 해서 매일 퇴근하고 연습실에 들러서 노래 연습을 했다. 그렇게 6개월이 지나고 드디어 곡을 녹음했다. 음반협회에 등록을 하고 첫 앨범이 나왔다. 〈아침마당〉에 나가서도 노래를 불렀다.

그런데 신기한 것이 노래를 발표했더니 음반협회에서 돈이 들어왔다. 처음에는 몇 만 원씩 들어오던 것이 시간이 지나면서 몇 천 원이 되더니 발표한 지 2년이 된 지금 지난달에 27원이 들어왔다. 2절 가사는 지금의 내 마음과 같았다.

"장롱 속에 철 지난 옷들 통 넓은 양복바지
저 주인이 누구였었나 이젠 짐 덩어리
출근 통보 연락을 받고 밤잠 설쳐 한숨도 못 자
이젠 해방이다 이제 아내 얼굴 안 봐도 돼 (아이고, 좋구나)
아- 지나간 시간 아- 그리운 시간
아- 있을 때 잘할걸 퇴근 후 2시간
아- 지나간 세월 아- 그리운 세월

이젠 다시 시작해 퇴근 후 2시간 오늘"

노래를 만들어서 발표하면 여기저기 다니며 노래도 부르고 돈도 벌고 노래방에서 내 노래를 부를 수 있을 줄 알았다. 그때 만든 앨범이 지금은 창고 안에 수북하게 쌓여 있다. 그래도 후회는 없다. 음반은 나에게 주는 포상과도 같은 것이었으니까.

그동안 살아오면서 나의 모든 시선은 남을 향하고 있었다. 가족, 동료, 친구… 그들의 기대를 충족시켜주기 위해 나에게는 너무 무심했던 것 같다. 그렇게 살아온 나에게 그간 고생했다고, 더 잘할 수 있다고 말하며 꼭 한 번 안아주자.

나는 대전경찰서가 초임 발령지였다. 지금도 그때가 눈앞에 선하다. 경찰서 앞에 섰을 때 가슴이 벅차고 잘해낼 수 있을지 걱정도 되었다. 서장님이 정년이 다 되셨다는 것만 미리 전해 듣고 어떻게 신고를 할지 여러 번 연습을 했다.

서장실 문을 열고 들어갔더니 호랑이처럼 생긴 서장님이 앉아 계셨다.

"신고합니다. 경위 정기룡은 1985년 4월 15일자로 대전경찰서 외근계장으로 발령받았습니다. 이에 신고합니다. 충성!"

서장님은 신고를 받고 자리에 앉으라고 했다. 그러고는 그동안의 경찰 생활 이야기를 하시면서 마지막으로 이렇게 말씀하셨다.

"매사에 조심해. 경찰은 법을 집행하지만 항상 스스로에게도 잘하고 있는지 물어봐야 해."

서장님은 결재를 받으러 들어갈 때마다 자리에 앉으라고 하고는 경찰 생활이 어떠냐고 물으셨다. 적응은 잘하고 있느냐, 어려운 일은 없느냐 물으셨는데, 꼭 아버지가 아들을 대하는 듯했다. 서장님은 항상 입버릇처럼 말씀하셨다.

"매일 담장 길을 걸어간다고 생각해야 해. 왼쪽으로 떨어지면 인도지만, 오른쪽으로 떨어지면 교도소야."

"백 번 잘해도 한 번 잘못하면 가정이나 직장에서 그동안 했던 일이 0이 되는 거야."

청렴하기로 소문이 난 분이었다. 한번은 감사한 마음에 서장님께 작은 선물이라도 하고 싶었다. 그래서 대전 중앙시장에 가서 큰 소주병에 참기름을 담아 선물로 가져갔더니 불호령을 하셨다.

"서장님, 처갓집이 부여인데 장모님이 참깨 농사를 지으시거든요. 서장님 생각나서 한 병 가져왔습니다. 첫 수확인데, 장모님 성의를 생각해서라도 받아주세요. 돈으로 쳐도 얼마 안 됩니다."

통사정을 하니, 더 이상 거절하기 미안했던지 서장님도 마지못해 “알겠다.” 하고 참기름을 받으셨다.

나중에 내가 서장이 되었을 때 그분에게 배운 대로 신임 경찰들에게 똑같이 말했다.

“어려운 일은 없나? 백 번 잘해도 한 번 잘못하면 가정이나 직장에서 그동안 했던 일이 0이 되는 거야. 그러니 매사 조심하고 또 조심해야 해.”

지금은 이 세상에 안 계시지만, 그때 그 서장님이 해주셨던 말은 지금도 마음에 깊이 새기고 발을 헛디디지 않기 위해 매일 조심하고 있다.

경험과 자격증

은퇴설계 강의를 하면 사람들 눈이 반짝반짝 빛난다. 그만큼 관심이 많다는 증거다. 한번은 강의를 마치자 한 사람이 손을 들고 질문을 했다.

"강사님의 강의를 듣고 느낀 바가 많습니다. 저도 퇴직을 앞두고 있는데, 어떤 일을 해야 할지 감이 잡히지 않습니다. 어떤 일을 찾아야 할지 구체적으로 말씀해주실 수 있을까요?"

"퇴직 전이라고 하시니, 지금 하시는 일과 연결하는 게 가장 좋습니다. 전반전에 경찰을 했다면 경찰 일과 관계하는 일이 좋겠네요. 경비 분야에 근무하는 것도 좋지요. 이왕이면 경비 지도사 자격증이 있으면 더욱 금상첨화죠. 제가 아는 한 사람은 교통사고 조사를 했던 교통경찰이었는데, 교통사고 분석

사 자격증을 취득하고 나서 손해 사정인 대인대물 자격증을 취득한 다음 퇴직하고 손해보험사에 취업을 했습니다. 퇴직하고 어찌어찌 취업했다고 해도 길어야 3년, 더 길어야 5년입니다. 그런 다음 다른 직장을 다시 잡으려면 그때는 나이가 들어 더 어렵거든요. 그래서 경험과 자격증이 필요합니다. 이도 저도 아니면 아내의 장점을 개발해주고 밀어주는 것도 한 방법입니다. 예를 들어 아내가 꽃을 좋아한다고 하면 관련 자격증을 취득하게 지원해주는 겁니다. 현직에 있을 때 아내에게 꽃집을 차려줘도 좋습니다. 퇴직할 즈음에 꽃집이 안정적으로 운영되면 아내분이 사장하고, 본인은 이사장을 하면 되지요. 배달도 해주고 말입니다. 평상시 취미 생활도 중요합니다. 취미가 생업으로 이어질 수도 있으니까요."

"축구를 좋아해서 조기축구에 나가고 있습니다."

"그러면 축구 심판 자격증을 취득하는 것도 방법이죠. 앞으로는 직업 분야가 많이 바뀔 것입니다. 첨단기술이 각광받는 시대라지만 손기술이 더 필요할 수도 있습니다. 기술이 있으면 죽을 때까지 써먹을 수 있으니까요. 제가 사는 대전 같은 경우에는 도배 1년 배우면 하루 일당으로 17만 원 받습니다. 손기술 배우는 걸 좋아하고 사람 만나는 걸 좋아한다면 도전해볼 만

하지요. 그러면서 자격증도 따고요. 사람들이 살면서 전반전은 자기 의지보다 주위의 권유로 직업을 선택하는 경우가 많습니다. 하지만 두 번째 인생은 내가 정말 하고 싶은 일, 남보다 잘하는 일을 해야 성과도 나고 오래할 수 있습니다. 지금부터라도 그런 일을 찾아보세요. 어떤 일을 좋아하세요?"

"글쎄요, 아직은…."

"그럼 오늘 집에 가서 아내에게 물어보세요."

길게 설명해주자니 내 목만 아프고, 한마디로 딱 정리해서 말해줬다. 내 경험상 아내 말을 들으면 자다가도 떡이 생긴다.

보는 대로 평가한다

요즘 토요일 저녁 종편 방송 프로그램은 먹방 일색이다. 그 중 한 프로그램에서 순대를 맛있게 먹는 사람을 보더니 아내가 말했다.

"저 사람은 돈이라도 받았나? 세상에 저렇게 맛있게 먹는 사람을 어떻게 섭외했을까? 그건 그렇고 오늘 순대 먹으러 갈까? 잘 아는 집 있어?"

경찰 시절 많이 다녔던 중리동 오문창순대집이 생각났다. 늦게 끝나는 날에는 종종 들러서 먹었던 곳이다. 3만 원이면 모듬 순대 안주에다 막걸리까지 해서 네 명이 배불리 먹기 충분했다.

반바지를 입고 편한 복장으로 아내와 몇 년 만에 그 집에 들렀다. 역시나 식당은 북적거렸다. 예전 기억을 떠올리며 오소리감투와 간을 많이 달라고 했다. 먹다 보니 국밥이 많이 남았다. 우리가 외출하면 차 소리만 기다리는 진국이 생각에 남은 음식을 싸가고 싶었다. 계산을 하면서 "남은 것 싸줄 수 있나요?"라고 물으니 종업원이 "네. 그럼요."라고 대답하면서 갑자기 나를 안쓰러운 눈으로 쳐다보았다. 남은 음식 포장한 것을 받아 들고 나오는데 종업원이 작은 소리로 말했다.

"손님, 순대 좀 몇 개 더 넣었습니다. 여름이니까 꼭 끓여서 드세요."

무슨 소린가 갸우뚱하며 나오는데, 아내가 한마디했다.

"거봐, 어디 외출할 때는 머리도 좀 만지고 나가라고 했지. 반바지에다 머리는 지저분하니까 불쌍하게 보이잖아."

내 모습이 그렇게 동정을 받을 정도로 추레해 보였나? 그러고 보니 경찰 시절 정문을 지키는 의경도 그랜저가 들어서면 좀 더 친절했던 것 같다. 그래, 사람은 보이는 대로 평가한다더니 그 말이 맞는가 보다.

처량한 마음에 운전하는 데만 집중했다. 집에 가까워지니 진국이가 멀리서 반갑게 짖는 소리가 들렸다.

피도 쓸모없다니!

하루는 사무실에 출근을 했더니 여직원이 귤을 권했다. 귤 맛도 시원찮았지만 철이 지나서인지 껍데기와 알맹이가 따로 놀고 있었다. 지난겨울에 먹었던 싱싱한 귤 맛이 아니어서 괜히 입만 버렸다 싶었다.

그러던 차에 문자가 한 통 도착했다.

'충주에 근무하는 정 지사장입니다. 급성 백혈병으로 지금 A형 혈액이 필요합니다. 동료들의 도움이 필요합니다. 헌혈하실 때는 꼭 지정헌혈이라고 말씀해주십시오. 강북삼성병원입니다.'

급한 일도 없고 마침 나도 그쪽에서 필요한 A형이라 서둘러 사무실을 나섰다. 가까이에 있는 헌혈의집을 방문해서 인적 사항을 기입하고, 지정헌혈이라고 하니 받을 사람과 병원을 알려달라고 했다. 모든 절차를 끝내고 기다리고 있으니 간호사가 와서 헌혈이 안 되겠다고 했다. 이게 무슨 소린가 싶어서 물어보니, 그쪽에서 필요한 건 혈소판인데, 혈소판 헌혈은 60세가 넘으면 안 된다는 규정이 있다고 했다.

"겉으로는 그 나이로 안 보이시는데 만 62세라서… 규정 때문에 어쩔 수가 없네요."

할 수 없이 발길을 돌리려다가 혹시나 싶어 그냥 헌혈은 가능하냐고 물었더니 그건 가능하다고 했다. 그래서 헌혈증이 도움이 될까 싶어서 헌혈을 하는데 괜히 서러운 마음이 들었다.

60세가 넘으니 이제 피도 쓸모가 없는 건가 하는 생각을 하며 헌혈의집을 나서려는데, 간호사가 선물을 고르라고 했다. 나는 몇 가지 중에 영화 관람권을 골랐다.

다시 사무실로 들어가려고 지하철을 탔더니 낮 시간이라 지하철에는 어르신들이 대부분이었다. 아, 나도 저렇게 보이겠구나 싶었다.

'그래, 가는 시간을 어떻게 붙잡겠어.'

며칠 뒤 텔레비전을 보다 한 영화가 개봉한 지 일주일 만에 누적 관객 100만 명이 넘었다는 소리를 듣고, 일요일에 아내와 영화를 보러 가기로 했다.

일요일날 영화관에서 티켓 한 장을 더 구입하면서 아내에게 당부했다.

"여보, 오늘 영화 잘 봐야 돼."

"왜?"

"내 피 같은 돈으로 보는 거야."

"무슨 소리야?"

"그럴 일이 있지."

그런데 영화를 보는 중간에 아내가 팔을 꼬집으며 작게 말했다. 코 골지 말라고. 졸다가 깨다가 영화를 봤다. 그래, 나이가 들긴 들었는가 보다.

아들이 초등학교를 다닐 때 태권도 학원을 보냈다. 1학년들이 대련을 하는 날이 있었는데, 그날 나 대신 아이 할아버지가 응원을 가셨다.

아버지는 퇴근한 나를 붙잡고 싱글벙글 웃으며 자랑하듯 말했다.

"대련을 하고 나서 관장님이 승자의 손을 드는데, 내 손자의 손이 번쩍 들리니 좋아서 눈물이 나더라."

나에게도 손자가 생기니 나 역시 좋은 마음을 숨길 수가 없다. 부끄러워서 숨는 모습도 어찌나 귀여운지…. 내 모습에서 그 옛날 아버지의 모습을 보고 손자의 모습에서 아들의 어릴 적 모습을 보게 된다. 역시 피는 못 속이나 보다.

가끔 나도 할아버지에 대헤 띠올릴 때가 있다. 내가 기억하는 할아버지는 멋들어진 중절모자를 쓰고 수염을 기르고 있었다. 청주 서문다리 건너편에 버스 정류장이 있는네, 할아버지가 거기 서서 눈깔사탕을 보여주면 신이 나서 달려가 안겼던 기억이 난다.

그때의 할아버지 체취가 아직도 생생하다. 할아버지가 곁에 오기만 해도 알아챌 정도였다.

언젠가 텔레비전 프로그램에서 나이가 들면 몸에서 냄새가 나는데, 술과 담배를 하는 사람은 더욱 냄새가 심하다고 했다. 흔히 '홀아비 냄새난다'고 말하는 게 그 냄새일 것이다. 자기관리 차원에서 나도 언제부터인가 매일 목욕을 하는 습관이 생겼다. 동네 찜질방에 한 달 이용권 11만 원짜리를 끊으면 목욕, 찜질, 헬스가 포함되어 있었다.

방송에서 본 것을 응용해서 나만의 건강 비법을 찾았다. 먼저 물 온도 45도 정도에서 반신욕을 20분 한다. 나이가 들면서 생기는 전립선 이상도 반신욕 20분으로 예방이 된다고 한다. 그런 다음 사우나에서 20분 동안 있다가 헬스장에서 러닝머신을 30분 동안 하고, 허리 운동, 거꾸리, 팔굽혀펴기를 하는 코스였다. 이것을 수년째 계속하고 있다.

현역에 있을 때, 특히 공보관을 할 때는 정말 술을 많이 마셨다. 술 먹고 들어와 양치도 하지 않고 자는 남편에게 얼마나 냄새가 났을까 생각하면 아내에게 미안한 마음이 든다. 그래도 각방을 쓰지 않고 옆에서 자 주었던 아내가 새삼 고맙기도 하다.

이렇게 매일 목욕하고 나를 관리하는 건, 같이 늙어가는 아내에게, 그리고 손자들에게 이제라도 좋은 향이 나는 사람으로 기억되었으면 좋겠다는 바람 때문이다.

배려가 필요해

며느리와 아들이 모처럼 집에 온다는 연락을 받고 아내가 집안 대청소를 시작했다. 둘이 살다 보니 그저 불편하지 않을 정도로만 치우고 살았는데, 혹시 흠이라도 잡힐까 봐 하루 종일 청소를 했다.

"며느리가 한 달에 두 번은 와야겠는데?"

이런 농담을 하긴 했지만 거드는 나도 힘들었다.

아들에게 뭐가 먹고 싶은지 물었더니 김치찌개가 먹고 싶다고 하여 오늘 저녁은 내가 준비할 테니 아내에게는 청소를 마저 하라고 했다. 내가 끓인 김치찌개는 아내도 인정할 정도라 말리지 않았다.

아들 부부가 집에 와서 모두 식탁에 둘러앉았다. 나는 밥을 먹기도 전에 오늘은 설거지도 내가 할 테니 걱정 말라고 선전포고를 했다. 그리고 김치찌개 냄비 뚜껑을 열자 감탄의 소리가 쏟아졌다. 김치찌개를 처음 맛보는 며느리는 기가 막히다며 밥을 맛있게 먹었다.

그런데 식사를 잘하다가 아내가 잔소리를 했다.

"고기만 골라 먹지 마."

순간 분위기가 찬물을 끼얹은 듯 불편해졌다. 나 또한 무안해져서 어떻게 해야 하나 판단이 서지 않았다. 내가 정성껏 준비해서 밥상을 차렸는데, 그깟 돼지고기 몇 점 더 먹었다고 며느리 앞에서 그런 소리를 들어야 하다니!

자리를 피하자 싶어서 숟가락을 놓고 일단 밖으로 나오는데, 걸어가는 뒤통수에 대고 아내가 또 한소리했다.

"아니, 그렇게 일어서면 우리더러 밥을 먹으라는 거야, 말라는 거야?"

예전 같으면 웃어넘겼을지도 모르는데, 거기서 왜 나는 싫은 티를 냈을까?

경찰서 과장 시절이 떠올랐다. 서장님과 저녁 식사를 하는데, 고기가 익으면 서장님 드시라고 앞에다 놓아주고 열심히 고기를 구웠다. 이제 나도 좀 먹어야겠다 싶었는데, "고기 더 하시겠어요?" 하는 종업원의 말에 서장님이 됐다고 해서 고기 몇 점 먹지 못한 적이 많았다. 그때 어찌나 서러웠던지….

퇴직을 하고 이제는 직접 요리를 하는 신세가 되었다. 아마도 나는 그게 서러웠던 모양이다. 아내도 나쁜 마음으로 잔소리를 한 건 아닐 테지만, 아무리 가릴 것 없는 부부간에라도 배려가 필요하다.

이 또한 지나가리라

딸 상빈이가 결혼한 지 2년이 지났는데 아이가 생기지 않았다. 사위가 장남이라 시댁에서도 아이를 많이 기다렸다. 병원에 가서 검사를 했는데 의사가 인공수정을 권했다고 한다. 그동안은 그런 말을 들어도 별생각이 없었는데 막상 딸에게 닥친 일이 되니 마음이 편치 않았다.

처음 알았지만 인공수정 과정도 쉽지 않았다. 난자를 채취하고 나면 배에 복수가 찼다. 몸이 힘들어 하루 종일 누워 있어야 하고, 시간대별로 배에다 주사를 놔야 한다고 했다. 집에 왔을 때도 시간 되었다며 사위가 딸의 배에 주사를 직접 놓는데, 주사 자국이 선명했다. 안쓰러워 차마 볼 수가 없었다.

수정란을 이식하고 10여 일 지나면 임신 결과가 나온다고 해서 기다리다 참지 못하고 전화를 했다. 상빈이가 "아빠…." 하고 울먹이는데 얼마나 애절했던지 가슴이 저렸다.

"우리 부부가 매일 손잡고 기도했는데 안 됐어…."

우는 딸에게 어떤 말이 위로가 될까?

"상빈아, 아빠, 엄마가 기도가 부족했나 봐. 아직 젊으니까 하나님 믿고 조금만 더 기다려보자. 이번에는 결과가 좋지 않았지만, 다음에는 꼭 좋은 결과가 있을 거야. 너에게 닥친 그 고난을 통한 하나님의 메시지가 무엇인지 귀 기울여 들어보자."

상심해 있을 딸에게 차분히 위로를 전했더니, 상빈이가 울음을 그치고 작게 대답했다.

"아빠, 알았어요."

"그래. 힘내라. 상빈아, 아빠가 살아보니 어떤 일이 좋고 나쁜지는 나중에 이 땅에서 떠날 때 알 수 있다는 생각이 들어. 다시 힘내고, 삼세 번이라는 말도 있으니 우리 희망을 갖자. 두 사람의 간절한 마음을 하나님도 어여삐 보시고 좋은 결과로 답해주실 거야. 알았지?"

"네."

이 세상에 고난이나 걱정, 근심 없이 살아가는 사람이 얼마나 될까?

“슬픔이 거센 강물처럼 내 삶에 밀려와
마음의 평화를 산산조각내고
가장 소중한 것들을 내 눈에서
영원히 앗아갈 때면
네 가슴에 대고 말하라
이것 또한 지나가리라”

갑자기 찬송가 작사가이자 시인인 랜터 윌슨 스미스(Lanta Wilson Smith)가 쓴 시가 생각난다.

상빈이처럼 절망에 빠져 있는 사람에게 꼭 들려주고 싶은 말이다. 모든 것에 초연해질 나이가 되어서도 여전히 두렵고 떨리는 일이 있다.

이불 속도 추위

아내랑 연애할 때 아버지가 무슨 일을 하시냐고 물었더니 건축업을 하신다고 해서 큰 건설회사를 하시는 줄 알았다. 나중에 알고 보니 부여에서 목수 일을 하고 계셨다.

나도 아내가 아버지 직업이 무엇이냐고 물어보길래 둘러댈 말이 생각나지 않아 자동차 부속 납품업을 하는 친구 아버지 직업을 대신 말했다.

가끔 아내에게 목수가 건축업이냐고 놀리면 한술 더 뜬다.

"자동차 부속 납품업?"

아무렴 어떠랴. 지금 곁에 있고 지금 사랑하면 되지.

그 옛날 부여에 있는 처가에 가면 주요 교통수단이 오토바이였다. 처가에서 자고 아침에 대전으로 나오려면 장인 오토바이 뒤에 타고 20분 걸려 강경역까지 나와야 했다. 명색이 경찰서 과장인데 오토바이 뒤에서 안 떨어지려고 장인어른 등짝에 바짝 매달리곤 했다.

지금 그 길은 예전과 변함이 없는데, 장인은 그 길 옆에 있는 산소에 잠들어 계신다. 그 산, 그 길, 그 교회, 다 그냥 있는데 사람만 간 곳이 없다.

온 가족이 장인어른 추도예배를 하는데 장모님이 가족들을 한 사람 한 사람 말하며 기도하셨다.

"하나님, 우리 딸 지원이 머나먼 청양까지 20년 동안 매일 2시간 이상 운전해 다니고 있습니다. 그 운전대 손길 잡아주신 것 감사합니다. 지원 아버지 50대 후반에 죽고 나서 26년이 되었습니다. 곁에서 지켜주었던 정 서방이 있어서 여기까지 왔습니다. 그것도 감사합니다…."

기도가 얼마나 길었는지 석갈비집에서 밥을 먹는데 가게 이름처럼 갈비가 돌처럼 굳어버렸다. 식사 앞두고 절대 말 길게 하지 말아야겠다는 마음이 절로 들었다.

저녁때 장모님과 아내와 앉아서 차를 마시는데, 장모님이 한마디했다.

"정 서방, 혼자 살면 이불 속에 들어갈 때도 얼마나 추운지 아는가?"

그 말을 듣고 갑자기 아버지 생각이 났다. 지금 내 나이에 어머니가 돌아가시고 줄곧 혼자 사셨는데 얼마나 춥고 외로웠을까? 재혼 말이라도 꺼내보지 않은 아들이 내심 얼마나 원망스러웠을까?

그래서 아내에게 이렇게 말했다.

"여보, 나 죽으면 재혼해. 애들 생각하지 말고. 인생이 길지 않잖아."

그러자 아내가 불쑥 가슴으로 파고드는 한마디를 던졌다.

"누가 먼저 죽을지 어떻게 알아?"

역시 아내는 예나 지금이나 무드라곤 1도 없다.

리허설이 필요해

경찰서에서 같이 근무했던 과장에게서 전화가 왔다. 그는 퇴직 전에 나름대로 준비한다고 해서 공인중개사 자격증을 취득했고, 퇴직 후 아내랑 같이 부동산 사무실을 열었다. 그런데 그가 하는 말이 경찰 시절 때보다는 편할 줄 알았는데, 나름 고충이 있었다고 한다.

첫 번째로는 사무실을 비울 수가 없어서 꼼짝을 못한다고 한다. 주말에 등산이라도 가려고 하면 아파트를 보겠다는 전화가 오는데, 서둘러 가서 보여주면 조건이 안 맞아 계약이 안 되는 일이 다반사였다고 한다. 또 아내랑 같은 사무실 공간에 있는 자체도 스트레스였다고. 3개월 동안 아파트 계약 한 건 하고 더 이상 버틸 수가 없어 부동산을 접었다고 했다.

그런 다음 수백만 원 들여 6개월 준비 과정을 거쳐 중장비 자격증을 취득했다고 한다. 하지만 불러주는 데가 없다고 한다. 어느 날 집에서 노는데 영화 촬영 현장에서 엑스트라를 구한다고 해서 기쁜 마음으로 갔다고 한다. 대전 근교 풀장에서 촬영을 했는데, 풀장 구석에서 물장구만 치고 있으니 담당 PD가 와서 말하더란다.

"선생님, 가운데로 들어가서 왔다 갔다 해주세요."

충청도에서 태어나 수영을 못한다고 하자, 담당 PD가 짜증을 내며 말했다.

"그러면 오지를 말든가."

결국 그날 하루 종일 물속에서 왔다 갔다 하다가 감기까지 들었고, 끝나고 5만 원을 받았다고 한다. 그런 이야기를 가만히 듣고 나서 나는 이렇게 조언했다.

"과장님, 혹시 리허설이라고 들어보셨어요? 영화나 연극, 드라마를 볼 때 우리는 무심코 보지만 연기자들은 한 컷을 찍기 위해 최선을 다합니다. 마치 진짜 주인공이 된 것처럼 눈물이 날 때까지 수십, 수백 번 연습을 하지요. 중장비 자격증을 땄다고 누가 초보를 써주겠습니까? 중장비 운전을 하시는 분들을 찾아다니면서 관계를 맺고, 운전도 잊지 않도록 자주 연습을 해야 일을 주지 않겠습니까? 수천만 원이나 되는 장비를 아무에게나 맡기지 않겠지요. 자격증도 필요하지만 경험이 중요합니다. 영화로 치면 만반의 리허설이 필요합니다. 운전면허도 따고 연습하지 않으면 장롱 면허라고 하지 않습니까. 인생은 길어요. 오늘부터 실무를 익히는 리허설이 필요해 보입니다."

눈에 보이는 것보다 보이지 않는 것을 보는 지혜가 필요하다. 자격증 하나 따면 당장 뭐라도 할 수 있을 것 같지만, 인생은 결코 만만하지 않다. 아무리 경찰서 과장에다 5급 공무원 출신이라도 새로운 일에 발을 들였다면 눈물 나는 연습도 필요한 것이다.

인생의 가방에서 빼야 할 것

퇴직을 했더니 아내가 여행을 가자고 꼬드긴다.

"같이 비행기 탄 기억은 신혼여행 때 제주도밖에 없고…"

말꼬리를 흐리며 옆구리를 찌른다. 안 그래도 퇴직하면 아내랑 여행을 가야겠다고 마음먹고 있던 참이었다.

"어디 가고 싶어?"

"그랜드캐니언."

여행지는 이미 정해져 있었다. 이왕 가는 김에 제대로 보고 오자 싶어서 여행 일정은 미국 서부 12일로 잡았다. 하지만 처음 가는 해외여행이라 이런저런 걱정이 많았다. 비행기를 11시간이나 타야 한다는 것도 그때 처음 알았다. 왕복 22시간 동안 뭘 하나 싶어서 비행기에서 읽을 책도 몇 권 챙겼다. 그리고 속

옷이랑 옷, 화장품 등 필요하다 싶은 건 다 챙겨서 짐을 쌌다.

그랜드캐니언에 도착했을 때는 바람이 많이 불었다. 웅장한 광경에 넋을 잃고 있는데, 그랜드캐니언에서 경비행기를 안 타면 죽을 때까지 후회한다고 해서 마지못해 예약을 하고 비행기에 올라탔다. 바람 때문에 비행기가 휘청휘청하는 게 느껴져 이대로 죽는 게 아닌가 싶어 심장까지 조여왔다. 결국 조종사에게 돌아가자고 통사정을 해야 했다. 출발지로 돌아와 땅에 발을 딛고서야 안도의 숨을 크게 내쉴 수 있었다.

미국 여행을 마치고 집에 돌아와서 보니 비행기에서 읽겠다고 챙긴 책은 펴보지도 않았고, 입지 않은 속옷도 몇 개나 되고 화장품, 옷들도 그대로 있었다. 필요도 없는 무거운 짐을 여행 내내 끌고 다닌 것이다. 우리의 삶이 매번 그런 식이다. '추억이 담겨 있어서', '필요할 것 같아서'라며 꾸역꾸역 가방에 집어넣는다.

서재에는 33년 전 소제동 파출소장 때 받았던 상패부터 27년 경찰 생활 하며 받은 상패 30여 개가 자리를 차지하고 있다.

이만큼 시간이 지나서 지난 인생의 가방을 들여다보니 버려야 할 과거의 짐들이 너무 많다. 추억도 번잡하고, 인생 요령도 부질없다. 하나씩 가방에서 빼놓는 연습이 필요하다.

2장

쩨쩨하지는 말자

일단 저지르자

부여에 계신 장모님을 뵈러 갔더니 농협 노래교실에 있다고 동네 어르신이 알려주었다. 장모님을 찾으러 농협으로 들어서는데 휴대전화가 울렸다.

"안녕하세요. KBS 〈노래가 좋아〉 작가입니다. 강의도 하시고 노래도 부르신다는 기사를 보고 섭외 전화 드렸습니다."

갑작스러운 연락에 깜짝 놀랐지만 마다할 이유가 없어 일단은 좋다고 했다. 문제는 프로그램 취지에 따라 가족과 동반 출연해야 한다는데, 누구랑 같이 갈까 고민이 되었다.

"저… 장모님과 같이 참여해도 될까요? 저희 장모님이 또한 노래 하시거든요."

"네, 그럼요. 그동안 저희 프로에서 장모와 사위가 노래한 적은 없었는데, 같이 출연하시면 훨씬 좋겠어요."

"네, 그럼 장모님과 상의한 후에 연락드리겠습니다."

이게 무슨 일인가 싶었다. 기쁜 마음으로 노래교실로 들어서니 50대부터 80대까지 200여 명이 모여서 노래를 따라 부르고 있었다. 그 많은 사람들 중에 남자는 한 명도 없었다. 내가 들어서니 시선이 일제히 내 쪽으로 향했다.

노래 강사는 잘됐다 싶었는지 나를 앞으로 불러냈다.

"오늘 사위분이 이렇게 찾아오셨네요. 우리가 노래 한번 들어봐야겠죠? 자, 어떤 노래를 하시겠어요?"

이런 자리에서 빼는 성격이 아닌지라 거침없이 마이크를 잡았다.

"설운도의 〈누이〉 부르겠습니다."

있는 감정 없는 감정 더해 한 곡을 멋들어지게 뽑았더니 앙코르가 터졌다.

'역시 선수를 알아보시네.'

티는 안 냈지만 속으로 이런 생각을 하면서 나훈아의 〈머나먼 고향〉까지 부르니 박수갈채가 쏟아졌다.

노래교실이 끝나고 장모님께 방금 KBS에서 전화가 왔다며 자초지종을 말하자 못 한다고 손사래를 쳤다.

"서울에 가서 노래를 하라고? 그것도 KBS에서? 못 해! 내가 무슨…"

이렇게 말씀하셨지만 꼬치꼬치 캐묻는 것이 내심 나가고 싶어 하는 눈치였다. 아직 한 달이나 남았으니 열심히 준비해 보자고 설득하고, 방송 작가에게도 나가겠다고 전화했다. 방송 출연이 결정되자 아내도 발 벗고 나섰다. 한 달 동안 입장 연습부터 '백년손님'이라는 팀 이름으로 소개 멘트까지 맹연습을 했다. 노래 발성도 열심히 하고 노래와 몸짓까지 수백 번도 넘게 연습했다.

막상 서울로 가서 녹화장으로 들어서니 사회자를 비롯해 판정단들도 모두 TV에서 본 익숙한 얼굴들이었다. 노래 제목은 노사연의 〈만남〉이었다. 장모님과 첫 방송 출연이라 실력 발휘를 못해 안타깝게도 등수에는 못 들었다. 하지만 그날 이후 장모님은 동네에서 일약 스타가 되었다.

방송 출연을 하고 몇 년이 지난 어느 날 장모님은 휴대전화 카메라에 담긴 예전 방송 때 사진을 보면서 말했다.

"그때 안 나갔으면 후회할 뻔했어. 내가 언제 방송국 가서 노래 부르겠어. 일단 눈 딱 감고 저지른 것이 지금 와서 보니 너무 잘한 것 같네."

새로운 도전은 나이와 상관없다. 걱정만 하거나 생각만 하고 도전하지 않으면 아무 일도 일어나지 않는다. 70, 80에도 새롭게 도전하는 장모님이 계시는데, 젊디젊은 나라고 못할 게 있을까. 일단 저지르고 보자.

하고 싶을 때 시작하라

"노래 강사를 해보면 어때?"

아내가 뜬금없이 말을 꺼냈다.

"경찰 생활 하면서 그동안 노래방 많이 다녔잖아. 딸 결혼식 축가 불렀을 때도 사람들이 노래 강사 하면 잘하겠더라고 수군거리던데, 강의도 하고 있으니 도움이 되지 않을까?"

아내야 반농담조로 꺼낸 말이겠지만 나는 아내 말을 듣는 순간 갑자기 가슴이 뛰기 시작했다. 그 어떤 일보다 신나게 할 수 있을 것 같았다.

'어떻게 시작하지?' 고민하던 중에 문득 이전에 친분을 쌓은 KBS 〈아침마당〉 작가가 생각났다. 혹시 노래 강사 중에 괜찮은 사람을 소개해줄 수 있냐고 물었더니 지난번 방송에 나온 최○○이라는 강사를 소개해주었다. 조심스럽고 쑥스럽긴 했지만 전화를 걸어 배우러 가고 싶다고 했더니 매주 목요일 오후 2시에 대전에 있는 백화점에서 노래교실을 한다고 했다.

노래교실이니 사람들이 제법 있을 것이라고 예상은 했는데, 막상 강의실로 들어서자 걸음을 뗄 수가 없을 정도로 사람이 많았다. 중년 여성 300여 명이 빼곡히 앉아 있었다.

문 앞에서 도무지 용기가 나지 않아 그냥 돌아가겠다고 아내에게 전화를 했더니 무조건 들어가서 인증 샷까지 찍어 보내라고 다그쳤다. 아내의 협박에 못 이겨 쭈뼛쭈뼛 강의실로 들어가 자리에 앉으니 강사님이 내 소개를 대신 해주었다.

"오늘 처음 오신 이분은 이 지역에서 경찰서장까지 하신 분이세요. 지금은 퇴직하시고 강의를 하고 계신데 노래를 배우고 싶다고 해서 모셨습니다. 그럼 우리가 노래 한 곡 청해 들어봐야겠지요?"

얼떨결에 나는 무대 앞으로 나갔다. 그동안 수많은 사람들 앞에서 강의를 한 경험은 있었지만 노래를 해본 적은 없었다. 언뜻 떠오른 나훈아의 〈머나먼 고향〉을 불렀는데, 무슨 정신으로 노래를 끝냈나 모르겠다. 수업이 끝나고 강사님을 따로 만나 노래 강사를 하려면 어떻게 해야 하는지 조심스럽게 물었다. 그러자 강사님이 충남대학교 평생교육원에 1년 과정의 야간 강좌가 있는데, 자격증도 취득할 수 있다고 했다.

시작이 어렵지 그다음은 쉽다. 바로 강의 신청을 했다. 개강 첫날, 강의실에 앉아 있으니 학생들이 하나둘씩 모여들었는데, 대부분 50대 여성들이었다. 신입생 소개를 마치고 나서 서먹하게 자리에 앉아 있는데, 동창회장이 강의실로 들어오더니 알은체를 했다. 둔산경찰서장 시절 파출소장이었던 분이었다. 이런 곳에서 만난 게 신기하기도 하고 놀랍기도 했다.

"서장님이 노래 강사까지 하시면 다른 사람들은 뭐 먹고 삽니까?"

그분도 나만큼이나 열심인 사람이라 동족(?)끼리 반가워 악수한다고 잡은 손을 한참 흔들어댔다.

강의는 매주 월요일 저녁 6시부터 9시까지였다. 이미 노래 강사를 하고 있지만, 자격증이 필요해서 수강을 신청한 사람도 있었다.

"주민자치회관에서 노래교실을 하고 있습니다. 레크리에이션 자격증도 있고 다른 자격증도 몇 개 있어요. 노래 강사도 경쟁이 심해서 이번에 자격증을 따놔야겠다 생각했어요."

나보다 한 걸음 앞서가는 사람이었다. 주민자치회관에서

수업을 하면 얼마나 받는지 옆에 있는 사람이 노골적으로 물어봤다. 나도 솔직히 궁금하기는 해서 귀를 쫑긋 세웠다.

“그게 뭐 비밀이라고요. 보통 1시간 반 하고 10만 원 받습니다. 공공기관은 대체로 강의료가 정해져 있어요. 얼마 안 되는 것 같아도 이 자리 들어오려고 얼마나 치열한지 몰라요.”

역시 노래 강사라 그런지 입담이 좋아 대화가 내내 즐거웠다. 처음 듣는 노래교실 세계도 새로운 세상 같았다.

“그래도 저는 젊은 축이에요. 저보다 나이 드신 분들도 많아요. 노래 강사는 몇 살까지 하라는 정년이 없으니 얼마나 좋은지 모릅니다. 아침에 출근할 곳도 있고, 개인 노래교실도 하니까 다른 강사들 하는 것도 보고 연구도 하고 그래야 하거든요. 그렇게 배우고 연구하고 그러는 게 참 좋습니다. 물론 큰돈 벌겠다 생각하면 다른 일 찾으셔야죠.”

나보다는 어린 사람이었지만 일찍 노래 강사 일에 뛰어들어 즐겁고 생기 있게 살아가는 모습을 보니 존경스러운 마음마저 들었다. 좋아하는 일을 하니 누가 시키지 않아도 자발적으로 배우고 연구하게 된다. 죽을 때까지 저렇게 좋아하는 일을 하며 산다면 얼마나 행복할까?

퇴직할 무렵에는 여행도 하고, 잠도 실컷 자고, 쉬면서 그동안 못 본 사람들도 만날 생각이었다. 하지만 며칠 지나니 여행을 가도 그리 재미있지 않고, 일을 하고 있는 친구를 만나기도 부담스러워졌다.

그러다 보니 자연스레 멀리 청양으로 출퇴근을 하는 아내만 기다리게 되었다. 남편이 퇴직을 하면 열에 아홉은 싸운다고 하는데, 지금은 나도, 아내도 출근을 하니 우리는 그럴 일이 없어 한편으로 다행스럽기도 하다. 대신 이제는 내가 먼저 퇴근해 아내를 기다리는 날이 더 많다.

“여보, 언제 와?”

“오늘 수영 가는 날이야.”

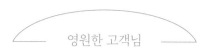

"저녁은?"

"집에 가서 먹어야지."

짧은 전화 통화를 마치고 저녁을 뭘 하나 고민이 되었다. 언제부턴가 저녁 준비는 내 몫이 되어 있었다.

김치찌개 먹고 싶다고 했던 말이 기억나서 더 맛있게 할 요량으로 인터넷으로 요리법을 찾아보고 돼지고기에 김치, 양파, 감자까지 넣었지만 제맛이 안 났다. 그럴 때마다 나는 '마법의 가루'를 찾을 수밖에 없다. 무슨 음식이든 맛있게 해주는 라면 스프를 김치찌개에 넣으니 내 입맛에 딱 맞았다.

찌개를 끓여놓고 대문 앞까지 아내를 마중 나가서 반갑게 맞았다. 주차하는 것도 지켜보고 짐도 들어준다. 그러고는 식탁에 앉아 함께 저녁을 먹었다. 아내는 국물 맛만 봐도 조미료가 들어간 걸 금세 알아챈다.

"맛있어?"

나름 긴장을 하며 물어보면 아내가 대충 대답한다.

"응, 맛있어."

아내가 밥을 다 먹고도 얼른 일어설 기미가 없으면 눈치가 뻔하다.

"설거지는 내가 할게."

자발적으로 일어서야 한다.

“해주면 좋고.”

“다 치우고 차 한잔할까?”

“주면 고맙고.”

돈 번다고 유세냐 한마디하고 싶은 마음이 들 때도 있지만 그 마음을 꾹 눌러 잠재운다.

아내가 나보다 여덟 살이나 아래니까 정년퇴직을 하려면 앞으로 10년 남았다.

‘10년 동안 이렇게 살아야 하는 건가?’

이런 생각을 하며 아내에게 차를 대접하고 “고객님!” 하고 부르니 “웬 고객님?” 한다.

아내는 이제부터 내가 평생 모셔야 하는 ‘영원한 VIP 고객님’이다. 나한테는 늘그막에 새로운 일이 생겼으니, 10년 동안은 더욱 감사하며 충성해야 한다.

쩨쩨하게 살지 마

나이가 들면 한번 습관이 된 것들은 잘 고쳐지지가 않는다. 항상 다니던 길을 다녀야 안심하고, 늘 먹던 식당에 가야 마음이 편하고, 운전할 때도 익숙한 길이 편하다.

퇴근 후 목욕탕을 다니는 것이 습관이 되었고, 그곳 이발소에서 머리를 자른 것도 14년이 되었다. 거기에서 이발을 하면 단골이라고 새치 염색도 덤으로 해주었다. 언젠가 출장을 가서 모처럼 새로운 곳에서 머리를 해보자 시도했다가 한 달 내내 후회한 적이 있다. 구관이 명관이다.

흰머리가 많아지면서는 집에서 아내와 서로서로 염색을 해주고 있다. 나도 그렇지만 아내도 염색을 하지 않으면 호호 할머니다. 같이 텔레비전으로 홈쇼핑 프로그램을 보는데, 5분 만에 염색이 끝난다는 염색제를 판매하고 있었다. 홈쇼핑을 보고 있으면 설마 하는 의심보다는 매진되기 전에 빨리 사고 싶다는 마음이 앞선다.

홈쇼핑에서 구입한 염색제를 들고 평소처럼 목욕탕으로 갔다. 이발소에서 머리만 깎고 염색은 목욕탕에서 할 생각이었다. 5분 만에 된다는 말에 크게 민폐는 아니겠다 싶어서 눈치를 보며 염색제를 대충 발라 염색을 했다. 그런데 집으로 돌아와서 밝은 곳에서 보니 뒤통수가 얼룩덜룩하니 엉망진창이었다. 속상한 마음으로 이리저리 살펴보는데 아내가 잔소리를 늘어놓는다.

"여보! 목욕탕에서 염색하면 욕먹어. 염색하지 말라고 붙여놨잖아. 목욕탕은 목욕하는 곳이야!"

오늘도 아내의 잔소리는 쉽게 끝나지 않았다.

"손자 준다고 빵이랑 아이스크림은 몇 만 원도 넘게 쓰면서 염색 값 아끼겠다고 궁상맞게 목욕탕에서 혼자 염색을 해? 그렇게 살지 마. 뒤통수가 그래 가지고 어떻게 밖에 다니겠어?"

아내도 내 뒤통수를 보고 속상한 마음에 말이 길어지나 보다 했지만 도무지 끝날 기미가 없다.

"내가 말했잖아. 강의하러 지방 다닐 때도 꼭 식당에서는 비싸고 맛있는 거 사 먹으라고. 경찰서장 출신이면 그에 맞게 품격을 지키고 살아야지. 쩨쩨하게 살지 마. 남들 보는 눈도 있는데.”

듣다 듣다 화가 나서 나도 빽 소리를 질렀다.

“그래, 내가 원래 그런 놈이야.”

그러고 나서 곰곰이 생각해보니 아내 말이 맞는 것 같았다. 손자들 간식 사주는 데는 몇 만 원도 쉽게 쓰면서 염색 값 12,000원을 아끼겠다고 목욕탕에서 눈치 보며 혼자 염색을 하는 내 꼴이 한심하고 우스웠다. 물론 항변할 이유가 충분히 있다. 한 푼이라도 아껴서 자식들에게 잘해주고 싶었다, 내가 원래 그렇게 살아왔다, 그래서 지금의 정기룡이 있다… 아마도 우리 부모님들도 다 그런 마음이었을 것이다.

다음 날 이발소에 가서 염색을 부탁드리니 이발사가 한마디했다.

“혼자 염색하려니까 뒤쪽은 아무래도 힘드시죠?”

이발사는 슬쩍만 보고도 다 안다는 듯이 말했다. 무안한 기분이 들어 목덜미가 나도 모르게 붉어졌다. 정말 쩨쩨하게 살지는 말아야겠다.

군대에 입대하면 모든 것에서 계급이 우선이라고 한다. 20대 후반의 병장도 이제 갓 사관학교를 졸업한 소위 앞에서는 아이에 불과하다.

"계급이 깡패라고! 아니면 라면 끓여 먹고 일찍 오던가."

이것도 흔히 듣는 말이다. 계급 다음으로는 나이를 쳐준다는 말이다. 그래서 나도 군에 입대했을 때 세 살을 올려서 얘기했다. 동기들이 못 믿겠다고 하는데도 실수로 호적에 늦게 올린 거라며 박박 우겨댔다. 그때는 가능했던 이야기다.

그렇게 몇 살 더 많게 보이려고 거짓말까지 하던 때도 있었는데, 세월이 지나 퇴직을 하고 보니 또 나이가 깡패가 되었다. 직원 채용 공고에도 '나이 60세 미만인 자'가 가장 먼저 눈에 들어온다. 나이 때문에 괜히 기가 죽는다. 그래서 나는 퇴직한 이후부터 죽 58세로 살고 있다. 우길 수 있을 때까지 우겨볼 생각이다.

퇴근을 하면서 목욕탕에 들를 때면 항상 나와 비슷한 시간에 오는 나이 든 분이 계셨다. 예전엔 간단히 인사도 하고 그랬는데, 한두 살 나이를 더 먹어가면서 그분과 알은체를 하는 것도 꺼려졌다. 그분처럼 늙어 보일까 봐 싫었다. 눈꺼풀이 내려오고, 목에는 깊은 주름이 생기고, 머리털에 생기가 없는 거울 속 내 모습은 보지도 않고….

집으로 돌아오는 차 안에서 라디오를 켜니 노사연의 〈바램〉이라는 노래가 흘러나왔다. 짊어진 삶의 무게로 힘들 때 내 얘길 들어주는 이가 있다면 혼자는 아니다, 작은 한마디로 지친 나를 안아주고 사랑한다고 말해준다면 우리는 늙어가는 것이 아니라 익어가는 것이라는 가사가 마음 깊이 와닿았다.

나도 늙어가는 것이 아니라 익어간다. 익어간다는 말을 들으면 꽤 쓸모 있는 사람인 듯하고 아직도 인생이 진행 중인 것 같아 위로가 된다.

세상에 휘둘려 살아가면서 나를 제대로 볼 시간이 없었다. 내가 어디 있는지도 모르고 살았다. 다른 사람들을 챙기느라 바빠 정작 나 자신을 위로할 시간은 없었다. 작은 커피숍에 들러 뜨거운 커피 한잔의 사치를 부려본 적도 거의 없다.

이제 매일 소소하게라도 나를 위한 시간을 가져야겠다. 그래야 나이에 주눅 들지도 않고, 거울 속 나를 피하지 않고 당당하게 바라볼 수 있지 않을까?

오전 8시 1부 예배를 가면 첫 시간이라 그런지 사람들이 10명 안팎이다. 한동안 대전에 있는 한신교회를 다녔는데, 1부 예배에는 피아노 반주자가 없어 마음이 쓰였다. 반주자가 없으니 찬송가도 반주 없이 그냥 불렀다.

갑자기 내가 피아노를 배워서 1부 예배 반주를 하면 어떨까 하는 마음이 들었다.

"목사님, 제가 피아노 배워서 반주할까요?"

목사님에게 덜컥 그런 말을 내뱉었다. 목사님은 바로 "그렇게 해주시면 감사하지요."라고 하셨다.

"목사님, 2년만 기다리세요. 제가 피아노 배워서 꼭 반주하겠습니다."

그게 계기가 되어 퇴근하고 실용음악학원을 다니기 시작했다. 일주일에 2번, 수강료는 15만 원이었다. 일단 음악 이론부터 배웠는데 생소한 공부를 하려니 쉽지 않았다. 건반을 치는 것도 마찬가지였다. 손가락이 굵어서 건반을 하나만 치기가 힘들었다.

이제 어느 정도 칠 수 있겠다 싶어서 다음 주부터 반주를 하겠다고 말씀드렸다. 일주일 동안 찬송가 2곡을 연습했다.

처음으로 반주를 하는 날 아내와 딸이 매의 눈으로 지켜보았다. 그런데 처음부터 엉망이었다. 잘 나간다 싶다가도 한 번 틀리면 노래를 부르는 사람 따로, 치는 사람 따로였다.

언제 끝나나 싶은 순간이 지나고 고개를 들 수 없었다. 목사님에게 죄송한 마음뿐이었다. 하지만 목사님은 덕분에 예배가 풍성해졌다면서 고맙다고 말씀해주셨다. 하고 싶으면 일단 해야 한다. 반주가 틀리든 말든. 그렇게 약 1년을 찬송가 반주를 했다.

생각만 하는 사람, 생각하고 실천하는 사람의 차이는 클 수밖에 없다. 지금도 피아노를 치는 시간이 즐겁다. 주로 연주하는 곡은 찬송가 몇 곡, 가수 이용의 〈잊혀진 계절〉, 김동규의 〈10월의 어느 멋진 날에〉, 노사연의 〈만남〉 등인데, 그걸 듣던 아내가 한마디했다.

"멜로디가 틀리면 다 버리는 거야. 틀리지 말고 좀 제대로 쳐봐. 그리고 신나고 활기찬 곡 좀 쳐봐. 〈희망의 나라로〉 같은. 내가 말했지? 생각한 대로 된다고."

그놈의 잔소리 언제까지 하려나.

100-1=0

무슨 일이 터졌을 때는 전화 소리만 들어도 가슴이 덜컹 내려앉는다. 20년 이상 무수한 사건 사고 전화를 받다 보니 이제는 전화 소리만 듣고도 감이 있다. 그날도 그런 전화를 받았다.

'또 사건이 터졌구나.'

이런 마음으로 전화를 받았는데 의외로 상대는 교회 목사님이었다.

"서장님, 저 김 목사입니다."

웬일인가 싶어서 반갑게 인사를 했더니 말을 못하고 우물쭈물하는 것이었다.

"저기, 저, 고민하다가 도저히 해결책이 없어서 염치불구하고 전화를 드렸습니다."

목사님은 어렵게 운을 떼며 자초지종을 설명했다.

연세가 70세가 넘은 교회 장로님이 계신데, 얼마 전 대전 시내에 있는 큰 목욕탕에 가셨다고 한다. 장로님이 탕 안에서 놀고 있는 아이를 보고 손자처럼 귀여워서 예전 습관처럼 고추를 따 먹는 흉내를 내며 "아이구, 맛있다." 했더니 얼마 뒤에 아이 아버지와 경찰이 목욕탕에 들이닥쳤다는 것이다. 아이가 목욕탕에서 있었던 일을 집에다 전화해서 얘기하자, 아이 아버지가 아동 성추행이라며 경찰에 신고를 한 것이다.

장로님은 손자 생각이 나서 귀여워서 그랬다고 항변을 했지만 아이 아버지는 들을 생각도 없었다. 아이가 자라면서 이 일이 트라우마로 남으면 어떻게 하냐고 법대로 하자고 목소리를 높이니 어찌해 볼 도리가 없었던 모양이다.

목사님의 전화를 받으면서 그분의 평소 성품을 알기에 사정이 딱하게 되었다 생각했지만 나라고 뾰족한 수가 없었다. 나는 파출소장에게 전화를 해서 가능하다면 중간에서 잘 중재를 하면 어떻겠냐고 했다. 그게 내가 할 수 있는 최선이었다.

파출소장은 아이 아버지에게 한 번만 다시 생각을 해달라고 했다. 시대가 변했고 장로님이 아무리 연세가 있더라도 조심했어야 하는 부분인데, 미처 거기까지 생각하지 못하신 것 같으니 이해해달라고 한마디를 더 붙였다. 그제야 아이 아버지도 화가 조금 누그러졌는지 아들에게 정식으로 사과를 하면 넘어가겠다고 했다. 그러자 장로님이 바로 그 자리에서 무릎을 꿇고 아이와 그 아버지에게 사과를 했다고 한다. 갑작스러운 행동에 아이 아버지가 더 놀라서 일으켜 세울 정도였다고 한다. 추측해보건대, 장로님 입장에서는 정말 식겁한 일이었을 것이다. 평생 경찰서 근처도 안 가본 양반이라 속으로 놀라서 벌벌 떨었을 게 분명하다.

그동안 애써 쌓아왔던 명성도 이렇게 한 번에 무너질 수가 있다. 백 번 잘해도 한 번에 물거품이 될 수 있으니 항상 어디를 가더라도, 나이가 몇 살이라도 되새겨야 한다. 백 번 잘해도 한 번 실수하면 99가 아니라 0이 된다고.

마음에만 담아두지 말 것

최근 한 조사에서 '한국 사람들이 가장 듣고 싶어 하는 말'의 순위를 매겨 눈여겨보았다. 순위를 보니 의외로 '사랑해.'가 4위였다. 3위가 '널 믿어.', 2위가 '잘 있지?'였다. 그리고 1위는 '보고 싶어.'였다. 다 좋은 말이긴 한데, 왜 보고 싶단 말이 1위였을까. 누군가 나를 필요로 하고 곁에 있고 싶어 하는 마음이 전달되는 말이라서 그럴까.

강의 중에 활용하기 위해 수강생 중 한 사람을 앞으로 나오게 했다. 나에게 책 한 권을 이미 선물 받은 터라 거절하지 못하고 쑥스러워하면서도 앞으로 나왔다.

"지금 여기서 가장 듣고 싶어 하는 말 4위부터 1위를 순서대로 외쳐보세요."

반강제였지만 그가 큰 소리로 외치고 나자, 이번에는 아내에게 스피커폰으로 전화를 걸어 "여보! 보고 싶어!"라고 말해달라고 부탁했다.

수강생들은 흥미진진한 얼굴로 숨을 죽이고 아내분의 반응을 기다렸다.

"여보! 보고 싶어!"

갑작스러운 남편의 말에 아내의 반응이 강의실을 웃음바다로 만들었다.

"왜, 어디 아파?"

어떤 사람은 "나는 죽어도 저런 소리는 못 하겠다."며 고개를 흔들었다. 하지만 어떤 사람은 문자로 "여보, 보고 싶어."라고 보냈더니 "나도 보고 싶어. 사랑해."라는 대답이 돌아왔다고 해서 부러움을 샀다.

사람은 하루 동안 수많은 말을 내뱉고 있지만 정작 상대가 듣고 싶어 하는 말이나 속에 담아두었던 말은 하지 못하는 경우가 많다. 특히 중년 남성들은 "꼭 말로 해야 아냐?" 하며 속마음을 전하지 못한다. 그러다 보니 가까운 사람을 서운하게 하고 오해하게 만드는 것이다. 게다가 '나중에 하지.'라고 생각하다가 영영 못 하고 후회하는 일도 생긴다.

애초에 나는 표현을 씩씩하게 잘하는 편이다. 아내가 영 부끄러워해서 그렇지 습관이 되니까 그것도 괜찮다. 일찍이 마음에 담아뒀다 끝내 하지 못한 말이 두고두고 후회되어 지금 곁에 있는 내 가족들에게는 하루에 열 번이라도 해주자 마음먹었다.

그래서 강의를 할 때도 나랑 비슷한 연배의 중년 남성들을 보면 매번 강조하며 말한다.

"마음에 담아두지 맙시다. 입으로 직접 표현해봅시다. 바로 지금!"

내일이 궁금한 이유

"안녕하세요? 서울 CBS방송 〈새롭게 하소서〉 프로그램의 김○○ 작가입니다. 기사와 책을 통해서 정 소장님에 대해 알고 전화드렸습니다. 혹시 저희 프로그램에 출연해주실 수 있으실까요?"

방송국 섭외가 들어왔다. 작가와 프로그램 출연에 대해 상세히 대화를 나눈 뒤 바로 그다음 주 1월 28일에 녹화를 하러 갔다.

담당 PD는 인터뷰를 하다가 아니다 싶으면 편집을 할 수 있으니 어린 시절부터 인생 이야기를 편안하게 하면 된다고 했다. 그래서 어린 시절 청주 서문교회 다닐 때 할머니와 찬송가를 부른 이야기, 아버지가 영화배우 하신다고 돌아다녀서 가족들이 고생한 이야기, 아버지가 사업에 실패해서 어릴 적부터 중국집 배달부를 한 이야기, 하사관으로 군대에 가서 공부한 이야기, 경찰관이 된 계기, 경찰 시절 에피소드, 가족 이야기까지 처음이 어려웠지 술술 나왔다.

"현직에 있는 동안 박사학위도 받고, 사회복지사, 제빵제과, 초콜릿 만들기, 손두부 만들기, 떡 만들기, 피아노 교습, 노무사 준비도 했지만 다 쓸데없었고, 나중에 알았습니다. 내가 좋아하는 일, 내가 남보다 잘하는 일을 해야 한다고요. 저는 남보다 말하는 재주가 있어서 요즘은 기업 연수나 은퇴설계 강의를 주로 하고 있습니다. 저의 실패담들은 강의 소재로 활용하고 있습니다. 어떻게든 써먹을 수 있으면 좋은 거죠, 뭐."

내친김에 음반 낸 이야기까지 했다. 무반주로 1절만 불러달라고 해서 노래도 신나게 불렀다.

방송이 거의 마무리에 이르자 사회자가 질문을 했다.

"소장님은 삶이 뭐라고 생각하시나요? 한마디로 표현하신다면요?"

"인생은 살 만한 것이라고 생각합니다. 예전에 현직에 있을 때 제가 살인 사건 부검을 참 많이 들어갔습니다. 그때 죽어서 누워 있는 사람을 보고 저 사람의 영혼은 지금 어디에 있을까 생각하곤 했지요. 그러면서 문득 죽음이 항상 내 곁에 있다는 사실을 깨달았어요. 언제 어디서 어떻게 죽을지 아무도 모르니까요. 그 생각을 하면 오늘 어떻게 살아야 할지 알 수 있어요. 오늘에 충실할 수밖에 없지요. 내게 주어진 시간이 얼마나 값지고 좋은 것인지 깨닫고 감사하며 살아갈 것입니다."

그렇다. 인생은 참으로 살 만한 것이다. 내일 무슨 일이 벌어질지 모르기 때문에 기대가 있다. 오늘을 충실하게 사는 이유는 내일이 궁금하기 때문이다.

죽어도 아내를 이길 수 없다

퇴직 날이 이틀 앞으로 다가온 날이었다. 아내가 언제 다시 경찰 정복을 입겠냐며 기념으로 다 같이 가족사진이라도 찍자고 했다.

행사 때마다 입은 옷이지만 마지막이라는 생각에 갑자기 마음이 싱숭생숭했다. 사진관에 가서 아내가 모레가 정년퇴직 날이니 특별히 더 잘 찍어달라고 부탁했다. 사진사가 퇴직할 나이로 안 보인다고 했다.

"승진을 일찍 해서 5년 일찍 퇴직하는 겁니다."

승진할 때만 해도 동기생 중에서 가장 먼저라고 아내가 좋아했던 기억이 있다. 그런데 내가 퇴직을 일찍 하는 건 반갑지 않은 모양이다. 나도 늘 생각만 했지 실감 나지 않았는데, 이틀 뒤면 퇴직이다 싶으니 걱정이 되었다.

아내에게 퇴직하고 뭐 하고 살아야 하나 물으니 "그냥 놀아."라고 했다. 그렇지만 말 속에 뼈가 있다고, "집에서 놀기만 해."라는 소리로 들렸다.

가족사진을 찍고 밥을 먹으러 가서 준비해간 와인까지 따라주며 아내에게 고생했다고 하자, 아내가 맥락 없이 아들이 대학교 1학년이고 딸이 고등학교 3학년인데 앞으로가 걱정이라고 했다. 한창 돈 들어가는 나이에 퇴직을 하니 막막하다는 것이다.

아내는 말을 해놓고 미안했던지 "여보! 내 맘 알지?"라며 애살스런 표정을 지었다. 나도 모르게 마음이 약해져 하지 말아야 할 말을 툭 꺼내고 말았다.

"걱정 마. 내가 따로 2천만 원 모아뒀어."

그러자 갑자기 아내 얼굴이 천사로 변했다.

10년 전, 한 선배가 퇴직을 하고 축의금, 부의금을 타려면 아내에게 충성을 다해도 줄 둥 말 둥 하니 아내 모르게 비자금을 준비하라고 신신당부를 했다. 그래서 아내 몰래 한 달에 14만 8천 원씩 10년 동안 저축한 것이 2천만 원 정도 되었는데 홀라당 털리게 생겼다.

아내의 얼굴이 밝아지면서 아이들에게 "너희 아빠처럼 준비성이 있어야 해."라고 나를 추켜세워 주었지만 다음 날 2천만 원은 더 이상 내 돈이 아니었다.

어쩌다 차를 타고 그 식당 앞을 지나면 그때 생각이 난다. 아내의 한마디에 비상금을 다 빼앗기고 나 역시 궁색스럽게 축의금, 부의금을 타내는 신세가 됐다.

입관 순서대로

경찰서장으로 첫 발령을 갔더니, 경찰간부후보생 3년 선배와 경찰 동기생이 과장 자리에 있었다. 내가 가장 나이가 어린데 먼저 경찰서장이 되었다. 그래서 저녁에 식사를 하면서 술 먹을 기회가 있으면 내가 얼른 소주병을 잡고 술을 따랐다. 그러면 과장들이 먼저 잔을 받으라고 난리였다.

"입관 순서이니 잔 받아요."

이렇게 모두의 성화를 뿌리치고 나는 가장 나이 많은 과장부터 술을 따라주었다.

"나는 아이들이 어려서 오래 살아야 하니까 제일 나중에 받겠습니다."

이렇게 말하면 식사 분위기가 좋아졌다.

그런데 퇴직을 하고 삼성에스원 상근 고문으로 근무할 때는 반대였다. 아무래도 고문은 자리가 자리다 보니 나이가 제일 많다. 어쩌다 직원들과 식사할 기회가 있으면 내가 얼른 물을 따랐다. 사람들이 놀라서 "고문님, 왜 그러셔요?"라고 말리면 이렇게 말한다.

"고문법 1조, 고문은 식당에 가면 물을 따른다. 고문법 2조, 고문은 식당에 가면 수저를 놓는다. 고문법 3조, 고문은 밥을 먹고 커피를 빼온다."

나이 먹는 것이 자랑이 아닌 때가 온 것이다.

지난달 에스원에서 셉테드(CPTED), 즉 범죄예방환경설계를 위해 당진에 있는 대난지도를 갈 일이 있었다. 당진경찰서에 들러 범죄 발생 상황을 알아보려고 했더니 예전에 경장으로 근무했던 분이 수사과장을 하고 있었다. 25년 만에 만났는데 변한 것은 머리 위가 시원해진 것뿐이었다. 내년에 퇴직한다고 꼭 점심을 모시고 싶다고 했다.

"모시긴 뭘 모십니까. 이제 퇴직했고 경찰서장도 아닌데요."

손사래를 쳐도 굳이 점심을 사겠다고 했다.

"서장님, 아직도 기억합니다. 추운 겨울에 총 들고 일제 검문하던 시절에 쌍화차나 생강차 집에서 끓여와서 고생한다고 따라주시고, 생일날이면 편지로, 여의치 않으면 짧은 메모로라도 축하해주셨잖아요."

밥을 먹으며 수사과장이 지난일들을 떠올렸다. 그때는 그렇게 훈훈했다.

밥 먹고 대난지도로 가는 배를 탔는데, 에스원 동료가 "고문님, 경찰 생활을 참 잘하신 것 같아요."라고 했다.

문제는 나같이 하면 계급 정년으로 남보다 일찍 퇴직할 수 있다는 것이다.

지나온 삶은 축제

집회가 있다고 해서 늦게까지 사무실에 앉아 있는데, 전화벨이 울렸다. 직통 전화를 받으면 보통은 "서장님이시죠?"라고 하는데, 그날은 "안녕하세요, 상빈이 담임입니다."라는 말이 먼저였다. 고등학교 3학년인 딸이 야간 자율학습 시간에 도망을 갔으니 찾아오라는 내용이었다. 경찰은 사람 찾는 데 선수가 아니던가.

일대를 찾아보니 학교 근처에 있는 미용실에서 아르바이트를 하고 있었다. 미용실에 갑자기 나타난 나를 보고 딸이 깜짝 놀랐다. 손톱은 염색제로 물들고 다리는 퉁퉁 부어 있었다. 그동안 몰래 다니고 있었다고 한다.

나는 상빈이가 어릴 때부터 선생님이나 경찰이 되기를 바랐다. 그래서 유치원을 다닐 때 손잡고 다니면서 이런 노래까지 불렀다.

"우리의 소원은 통일, 아빠의 소원은 선생님~"

그러면서 이런저런 과외도 많이 시켰다. 하지만 지금 와서 보니 과외 선생님 용돈만 두둑하게 챙겨준 꼴이다.

아내와 상빈이의 미래에 대해서 오래 이야기를 나누었다. 그리고 미용에 재능이 있는지 알아보기 위해 세계기능경기대회 미용 올림픽 금메달리스트에게 테스트를 부탁했고, 재능이 있다고 해서 딸이 원하는 대로 미용을 배우도록 지원해주기로 결심했다.

어쩌다 다른 사람들이 "따님은 어느 대학 다니세요?"라고 물으면 "원광대학교 다닙니다."라고 대답하는데, "한의대 다니세요?"라는 질문이 돌아오면 곤욕스럽다. "미용과입니다."라고 하면 상대가 할 말을 잃는 경우가 많아서 처음부터 "원광대학교 미용과입니다."라고 말한다. 다행히 딸은 미용을 시작하고 나서 미용대회에서 수상도 하고 기능경기대회 나가서 메달을 받아오기도 했다. 그런 걸 보면 사람은 저마다 타고나는 재능이 있는 것 같다.

잠깐 왔다 가는 인생, 내가 사랑하는 사람과 살고, 내가 좋아하는 일을 하며 사는 것이 좋은 줄 이제야 알았다. 이렇게만 살 수 있다면 인생의 마지막 순간에 되돌아봤을 때 우리의 지나온 삶은 축제가 될 것이다.

101번째 이혼 위기

오랜만에 아내에게 외식을 하러 가자고 권했다. 아내도 내심 들떠서 어디 갈 거냐고 묻기에 칼국수와 수육을 잘하는, 예전에 잘 다니던 식당으로 가자고 했다. 그랬더니 당장에 불만이 터졌다.

"경찰 생활 하면서 매번 그런 데만 다니더니 퇴직하고서도 또 칼국수? 분위기 있는 데도 가고 그럼 좀 좋아. 백화점 같은 데서 근사하게 밥도 먹고 구경도 하고 그래."

"그래? 그럼 당신이 좋은 데로 가."

백화점으로 가서 11층 패밀리 레스토랑에서 이것저것 주문해서 먹었다. 백화점이라고 하면 다 비쌀 것만 같았는데, 칼국수에 수육 한 접시 먹는 값이나 비슷비슷했다.

백화점 지하 주차장을 빠져나와서 좌회전을 해야 하는데 모르고 우회전을 하는 바람에 멀리 돌아서 유턴을 해야 하는 상황이 되었다.

"그걸 한 번에 못 찾아? 도대체 집에 언제 가려고 그러실까? 맨날 뒷자리에만 타다가 직접 운전하려니까 이렇지, 뭐. 제대로 보지도 않고 성격대로 무대포로 밀고 나가면 다 되는 줄 알지?"

백화점에 자주 다니지 않으니 어쩌다 모를 수도 있는데, 옆에서 계속 잔소리를 해대니 속에서 열이 부글부글 끓었다. 겨우겨우 참고 있는데 아내의 잔소리가 계속 이어지자 나도 터지고 말았다.

"그만 좀 해. 내가 당신보다 여덟 살이나 더 많은 건 알고 있지? 어느 정도 어른 대접을 해줘야지 이건 애들 야단치는 것도 아니고!"

"부부 사이에 누가 나이 따져? 부부는 똑같은 거야!"

큰 소리가 오가면서 온갖 이야기를 마구 쏟아냈다.

"그래, 그럼 이혼해, 이혼!"

"좋아! 누가 못 할 줄 알고? 이혼해!"

그동안 말하는 대로 이혼을 했으면 100번은 했을 것이다.

그렇게 101번째로 이혼할 뻔했다.

아내 말 잘 들으면 자다가도 떡이 생긴다고 한다. 그러나 너무 많이 먹으면 목이 막힐 수 있다는 것도 아내들이 알아줬으면 좋겠다. 어찌 됐든 양쪽의 무게가 똑같을 순 없는 모양이다. 한쪽이 조금 더 무겁고 다른 쪽이 져줘야 이상적인 부부 관계가 아닐까?

그러니 내가 조금 양보해서 아내 51, 내가 49라는 마음으로 살아보자. 그러다가 또 102번째 이혼할 뻔한 순간이 오겠지만 그럴 때는 상대의 시소가 땅에 닿았다 올라올 수 있게 나부터 힘을 빼고 가벼워져 보자.

열정 무한리필

1980년대는 집회 시위가 많았다. 최루탄 가스로 시위를 하는 사람이나 막는 사람이나 모두가 어려움이 있었던 때였다. 기동대장 시절 서내 의경들이 120명 정도 되었다. 시내에 무한리필 고깃집이 생겼다고 해서 돼지갈빗집을 찾았다. 점심시간을 피해서 이른 시간에 40명씩 소대별로 회식을 하는데 너무 잘 먹었다. 다들 돌도 씹어먹을 나이라 그런지 갈비를 산처럼 쌓아놓고 먹었다.

시위 기간 동안 그 집에서 사흘을 내리 먹고 나서 식당 사장님에게 감사하다는 말을 전했는데, 갑자기 미안하다고 하면서 다음에는 안 왔으면 좋겠다는 말을 돌려서 했다. 속으로 '그럼 무한리필이라고 하지를 말던가.' 하는 마음도 들었지만, 사흘 동안 장사해서 남는 게 없었을 사장님을 생각하니 미안한 마음도 들었다. 지금도 거리에서 '무한리필 삼겹살 만 원'이라는 현수막을 보면 그 시절이 생각난다.

내 인생에도 무한리필이 있다. 지난번 모 방송사에서 인터뷰하는데, 갑자기 사회자가 내게 좌우명을 물어보았다.

"아내에게는 아부해서 손해 없고 반항해서는 이득 없다."

농담처럼 한 말이었지만 사실 아내에 대해서 나는 모든 것에 대해 무한리필이다. 아이들이 모두 독립해서 나가고 나니 방도 한 개면 충분했다. 행동반경도 넓지 않으니 넓은 공간도 필요 없었다.

그런데 아내가 이런저런 취미 생활을 하면서 좁은 집이 모자로, 가방으로, 신발로 가득 차더니 요즘에는 또 천연 염색 재료들로 가득하다. 아내는 하고 싶은 건 꼭 해야 하는 성격이라 주말마다 부산으로, 부여로 배우러 다닌다고 했다. 게다가 준비되면 그 분야에 관한 책을 내겠다며 밤새 책상 앞에 앉아 있었다. 저러다 말겠지 싶었지만 이번에는 승부를 보겠다며 열정을 불태우고 있다.

그런 아내의 모습을 보면 피곤해 보여서 안쓰럽기도 하지만 한편으로 생기를 느낄 수 있었다. 한 번 왔다 가는 짧은 삶에서 자신이 좋아하는 것이 있고, 그것에 몰두할 수 있다는 게 얼마나 행복한가?

나도 아내도 그런 점에서는 행복을 무한리필하고 있는지도 모른다. 행복의 조건은 자신을 사랑하는 데 있다. 내가 진정 바라는 것이 무엇인지를 모르고 살아가는 사람이 너무 많다. 내가 무엇을 하고 싶은지 찾으려는 순간 행복해질 수 있는 주춧돌은 이미 놓은 것이다.

그동안 자식들에게만 사랑을 무한리필로 주고 살아왔다면, 이제는 나를 위해서 열정을 무한리필해야 하지 않을까? 인생은 한 번뿐이고, 그 인생도 이제 길게 남지 않았으니까.

섬유미술을 전공한 아내가 요즈음 작업에 푹 빠져 실크를 사러 서울 광장시장을 간다고 해서 따라나섰다. 서울역에 내려서 1호선 지하철을 타러 내려가다가 사람들도 붐비고 해서 슬쩍 아내의 손을 잡았다. 아내는 '왜 이래?' 하는 표정으로 깜짝 놀란 모습이었지만 모른 척 잡혀주었다. 아내에게는 '갑자기'였겠지만 나는 그렇게 하기까지 쉽지 않았다.

사실 일주일 전 아침 회의가 끝나고 박춘섭 본부장님이 아내와의 가정 연애담을 펼쳐놓았는데, 지금도 퇴근하면 아내가 장롱 속에 숨어서 깜짝 놀래키기도 하고, 어린아이처럼 등에 매달리기도 하고, 출근할 때는 아파트 현관까지 따라와 용돈을 달라고 애교를 부리고, 어디 다닐 때는 손을 꼭 잡고 다닌다고 했다.

부럽기도 했지만, 나는 한 번도 그래 본 적이 없었다. 나름 가정적이고 다정한 성격이라고 생각했는데, 내가 얼마나 표현이 서툰 사람인지 모르고 살았다. 더 살갑게 할 수도 있는데 체면 때문에, 시간 때문에 인색했다. 이제라도 해보자, 더 늦기 전에 꼭 시도해보고 싶었다. 그래서 서울역에서 내리자마자 덥석 손을 잡은 것이다.

아내와 손을 잡고 지하철을 탔는데, 아내가 내 손을 살짝 힘을 주어 당겼다. 그러고는 귓속말로 이러는 것이다.

"여보, 저기 있는 어르신 손에 차고 있는 반지가 다이아 2캐럿짜리야. 사려면 4천만 원은 줘야 할걸. 귀걸이 두 개가 1캐럿이니까 2천만 원 정도 될 거고, 진주 목걸이는 13밀리미터짜리니까 그것도 2천만 원은 하겠다. 가방은 루이비통인데 적어도 500만 원은 할걸. 저렇게 걸친 거 1억은 되겠다."

"아니, 당신은 그걸 어떻게 다 알아?"

"여자들은 다 알아. 관심이 많으니까 보면 딱 보이는 거지."

눈썰미가 정말 대단했다. 잠깐 신혼 초가 생각났다. 신혼집을 구할 형편이 아니어서 막막했는데, 마침 당진경찰서에 빈 관사가 있다고 해서 그곳으로 들어갔다. 패물도 제대로 해주지 못하고 가짜 반지로 마음만 전했다. 아내는 섭섭한 내색을 전혀 하지 않고 처가에 갔을 때도 마치 진짜처럼 자랑을 했다. 남편 면을 세워주려고 그런 것이다. 그때 10년 뒤 꼭 진짜 다이아 반지를 해주겠다고 했는데, 그게 벌써 30년이 지났다.

종로5가 광장시장에서 천을 구입하고 사람들 틈에서 해물파전에 과일주스로 소탈하게 점심을 대신했다. 젓가락을 놓을 때쯤 아내가 불쑥 이렇게 말했다.

"100년만 지나도 여기 있는 사람들은 다 죽고 없겠지만 광장시장은 그대로 있을 거야."

모처럼 서울 나들이에 들떴는지 아내는 계속 조잘댔다.

"아까 지하철에서 그 할머니도 일흔 살은 된 것 같은데 너무 멋쟁이더라. 그런데 나이 들어서 그렇게 하는 것보다 한 살이라도 젊을 때 하고 다녔으면 좋았을 텐데. 그렇지 않아?"

아무리 눈치가 없는 사람이라도 알 거다. 나는 어느새 아내가 하는 말의 행간에 담긴 뜻을 알아채고 머릿속으로 계산기를 두드렸다.

'지난달 카드 결제가 얼마였더라. 이번 달에 행사들이 좀 있고 돈 나갈 일이 있긴 한데….'

그러는 사이 '한 살이라도 젊을 때'라는 말이 머릿속에 콕

박혔다.

"종로3가가 귀금속 거리지? 보통 주말에는 일찍 문 닫는다던데…."

그러자 곧바로 대답이 돌아왔다.

"내가 알아본 곳은 3시까지 한대."

결국 그날 나는 아내에게 진주 목걸이를 선물했다. 뛰어봐야 아내 손바닥 안이다. 나는 아무리 머리를 써도 아내를 이길 수가 없다.

아내의 빈자리

세 살짜리 손자와 놀아주면서 '내가 어렸을 때 우리 할아버지도 나랑 이렇게 놀아주었겠지.' 하는 생각이 들었다. 손자를 보고 있으면 시간 가는 줄 모른다. 꼬물거리는 모습만 보고 있어도 지루한 줄 몰랐다. 그렇지만 할아버지가 아무리 재미있게 놀아주어도 옆에 엄마가 없으면 금방 울음을 터트린다.

그러던 녀석이 다섯 살쯤 되니까 엄마가 곁에 없어도 울지 않고 혼자 잘 놀았다. 하지만 가끔 엄마가 어디 있는지 달려가서 눈으로 꼭 확인을 하고 온다. 눈앞에 보이지 않아도 부엌에 가서 엄마를 보고 오면 잠시 동안은 잘 놀곤 한다. 보고 싶으면 달려가서 볼 수 있고, 어딘가에 있다는 것만으로도 안심이 되는 모양이다.

나도 그걸 깨닫는 순간이 있었다. 아내가 학교 일로 학생들과 나흘 여정으로 해외에 가게 되었다.

"잘 갔다 와. 그리고 비행기 탈 때 우산 꼭 챙기고."

"우산? 비 온다고 했어?"

"아니, 비행기 추락하면 우산 펴고 낙하산처럼 타고 내려오라고."

이런 실없는 농담을 하면서 아내를 배웅하고는 그날 퇴근을 하는데 저녁으로 뭘 먹을까 고민이 되었다. 혼자 식당에서 먹는 건 싫어서 빵과 우유, 라면을 사서 집으로 갔다. 저녁으로는 라면을 끓여서 어찌 해결했다. 그러다가 일찍 잠자리에 들었는데, 눈을 뜨니 새벽 3시였다. 뒤척이다가 빵과 우유로 아침을 대신하고 일찍 출근을 했다.

사무실에서 바쁘게 움직이다가 다시 퇴근 시간이 되었는데, 같이 저녁을 먹자고 권할 만한 사람이 없었다. 요즘은 집에서 가족들과 저녁을 먹는 사람들이 많고, 장을 봐서 직접 요리를 하는 아빠가 많아진 탓이다.

혼자 사무실을 나서면서 나보다 귀가가 늦은 아내를 위해 식사 준비를 하던 때가 차라리 나았다 싶었다. 잘하지도 못하는 요리 솜씨로 찌개를 끓이면서 내 신세가 처량하다 싶었는데, 그렇게 요리를 해줄 대상이 없는 게 오히려 처량했다. 남은 이틀 동안 저녁을 또 어떻게 해결하나 싶으면서도 이틀 뒤면 아내가 돌아온다는 생각만으로도 안심이 되고 행복했다.

주례비는 반반

대덕경찰서장 시절 내 나이가 마흔네 살이었는데 신임 순경이 주례를 부탁했다. 이 나이에 무슨 주례를 서느냐며 거절했는데, 꼭 해달라고 부탁해서 생각해보겠다고 했다.

집에 와서 말했더니 아내가 이렇게 말했다.

"주말에 결혼식장 다니면서 어떻게 주례를 하는지 보고 와. 주례사는 내가 잘 써볼 테니까 걱정 말고. 그 대신 주례비는 50 대 50."

그렇게 주례를 서기 시작해서 한 달에 두어 번씩 주례를 서기도 했다. 그렇게 주례 경력이 18년째다.

내가 노래 강사가 된 것도 아내의 격려 덕분이었다. 애초에는 학원을 다니려고 했는데 그때도 아내가 이렇게 말했다.

"학원에서는 기본만 가르쳐주잖아. 노래 강사를 하려면 학원보다는 다른 사람 노래교실을 다니면서 직접 보는 게 낫지 않을까?"

내가 잘할 수 있을까 의심하거나 자신 없는 말을 하면 당찬 목소리로 이렇게 말했다.

"당신은 노래에 천부적인 재능이 있어. 내가 당신 노래 한두 번 들어봐?"

그런 말을 들으니 가슴이 뛰었다. 자신감이 생기고 뭐든 해낼 수 있을 것만 같았다. 내가 걱정하고 자신 없어 할 때 아내는 항상 당근과 채찍으로 격려해주었다. 어찌 보면 나보다 당차고 강단 있는 사람이다.

아파트 값이 오르고 아이들이 공부를 잘하는 것보다 내 곁에 누군가 있어주는 것, 오늘 눈을 뜨고 숨 쉴 수 있는 것만으로도 감사하다고 생각하면 모든 작은 것들에 감사할 수 있을 것이다. 고마워할 줄 아는 사람이 소소한 행복을 누릴 수 있다. 그래서 나는 오늘도 감사한 마음으로 주례비의 반을 아내에게 건넨다.

사람 마일리지

언젠가부터 아침상이 달라지고 있었다. 몇 첩 반상 운운하거나 밥과 국은 꼭 있어야 한다고 고집하는 건 아니다. 하지만 점점 간소해지는 걸 보면 가슴 어디께가 허전하다.

신혼 때 아내는 밥과 국이 있는 한식으로 밥상을 그럴싸하게 차려주었다. 그러던 것이 시간이 좀 지나자 몸에 좋다며 선식을 먹자고 했다. 그러자 했더니 좀 지나서는 냉동 떡을 녹여서 내주었다. 그러다가 우유와 시리얼이 나오더니 이번에는 두부에 사과와 우유를 갈아서 준다. 뭐가 됐든 차려주는 걸 먹을 수 있으니 다행이라고 생각했다. 하지만 간헐적 단식이 좋다는 말을 꺼내는 아내를 보자니 아침상이 영영 사라질 날이 머지않은 것 같은 기분도 든다.

두부와 우유를 사려고 아내와 둘이 마트에 장을 보러 갔다. 결제 금액이 4,300원이었는데, 계산을 하려고 보니 마일리지 5,430포인트가 쌓여 있었다. 1년 동안 부지런히 모은 마일리지였다. 물건을 살 때마다 회원번호를 대며 1년이나 모은 마일리지가 고작 5,000원 정도라니 '그까짓 거'라고 생각할 수도 있겠지만 아내와 나는 마치 로또에 당첨이라도 된 것마냥 기뻤다. 돌아오는 길 내내 기분이 좋았다.

고작 보상이 이것뿐이냐고 섭섭해하지 말고 내가 쌓아온 마일리지를 보고 잠깐의 행복이라도 느끼면 되지 않을까? 그것이 인생 사는 맛이다.

마트 마일리지는 내가 얼마나 마트를 자주 다녔는지 알 수 있게 한다. 어쩌면 없었을지도 모르는 점수가 쌓이고 쌓여서 사소한 행복을 느끼게 하는 것이다. 인간관계도 그처럼 아주 조금씩 마일리지를 쌓아가는 것이다. 얼마나 자주 만나서 관계를 지속했는지를 알려주는 사람 마일리지. 언젠가는 당신이 열심히 쌓은 마일리지를 누릴 날이 올 것이다.

젊은 시절 여산에 있는 육군 제2하사관학교에서 6개월 교육을 받았다. 거길 졸업하면 하사가 된다. 대한민국 직업공무원이 된다고 생각하니 가슴이 떨렸다. 군대는 나이 차이가 나도 머리를 빡빡 깎아놓으면 모든 사람이 동기생이다.

훈련 시간이면 조교가 쉬는 시간을 주는데, 한 사람이 나와서 노래를 부르면 휴식을 더 주겠다고 했다. 노래 하면 또 빠지 않는 성격이라 "제가 부르겠습니다." 하고 튀어나가 나훈아의 노래를 불렀다. 〈머나먼 고향〉을 시작으로 다섯 곡을 쉬지 않고 부르니까 이제 그만 부르라고 말릴 정도였다.

이후로도 나는 틈만 나면 앞에 나가서 노래를 불렀다. 노래 부르는 것도 좋아하지만 그동안 더 쉴 수 있어 좋아하던 동기들의 은근한 압력 때문이었다.

그렇게 씩씩하고 스스럼없이 웃고 떠드는 나를 보고 당시에도 동기들은 농담 반 진담 반으로 "참 속 편하게 산다."라고 말하곤 했다.

하지만 이 세상에 걱정, 고민 없는 사람 어디 있으랴.

요즘도 현직 경찰이나 퇴직한 경찰들이 나를 보고 부럽다고들 한다. 5년 일찍 퇴직했지만 대기업 상근 고문으로 6년째 근무하고 있지, 전국적으로 강의 나가지, 가끔 텔레비전 나오지, 협동목사도 하고 있지, 하고 싶은 것 다 하고 산다고. 천만에 말씀 만만에 콩떡이다.

우리는 매일 선택의 순간에 놓여 있고 하루에도 수십 번씩 선택하고 포기한다. 삶이 힘들어 생을 포기하는 사람도 더러 있다. 나도 정말 말 못하는 고민이 있다. 단단한 갑옷을 입고 있어서 보이질 않을 뿐이다. 정말 평범하게 사는 것이 가장 힘든 것 같다.

코스모스가 바람에 이리저리 흔들리고 있지만 그 뿌리는 넘어지지 않으려고 두 손과 발로 땅을 단단히 붙잡고 있다. 호수 위에 떠 있는 오리도 겉으로는 평온해 보이지만 수면 아래의 발은 쉴 새 없이 움직이고 있다. 나도 겉으로야 걱정 없어 보이지만 수면 아래서 열심히 발버둥을 치고 있는 것이다.

이런저런 생각을 하다 보니 문득 아버지가 떠올랐다. 추석 때 서울에 계신 아버지를 뵈러 가려고 하면 항상 하시는 말씀이 “바쁠 테니 편할 때 와.”였다. 또 찾아가서 용돈을 드리면 “아니야, 됐어.”라고 하셨다. 이 말을 반대로 알아들어야 하는데, 당시에는 그걸 몰랐다. “바쁠 테니 편할 때 와.”라고 하신 것은 “보고 싶다. 자주 와라.”라는 뜻이었고 “용돈 필요 없다. 애들에게나 신경 써라.”라고 하시면 용돈이 없다는 뜻이고, “별일 없다.”라고 하신 말은 “몸이 좀 아프다.”라는 뜻이었다.

결국 아버지도 아버지로서 살아가기 위해 부단히 애쓰셨단 것을 깨닫게 된다. 지금 와서 나 역시 아들에게 똑같이 말하고 있다.

KBS라디오에서 〈경제포커스〉를 진행했던 고(故) 이영권 박사는 명강사로 유명한 분이었다. 그래서 강의 방법도 배우고 인맥도 넓힐 겸 시간을 내서 그분이 운영하는 세계전략화연구소 세미나에 다녔다. 강의는 한 시간 정도인데, 어찌나 재미있게 진행을 하시던지 그 한 시간이 정말 빨리 지나갔다. 경제 강의로 유명해 KBS 〈아침마당〉을 비롯한 여러 방송에 출연을 해서 제법 얼굴도 알려진 분이다.

그 당시 세미나에서 들었던 말 중에 가장 인상 깊은 말이 강의를 제대로 하려면 책을 써봐야 한다는 것이었다. 내가 잘하는 것, 나만의 노하우를 가지고 전문 분야의 책을 써보라는 것이었다. 경찰을 오래했으니 그 이야기를 듣고 싶어 하는 사람도 많을 것이다. 경험담을 살려서 책을 써보라고 권하셔서 시간 날 때마다 짤막한 글들을 쓰는 훈련을 했고, 이후 정식으로 《퇴근 후 2시간》(공저)을 쓰게 되었다.

한번은 이영권 박사가 대전에 강의차 내려왔다고 해서 강의 끝나고 식사를 대접했다. 그러고 나서 얼마 뒤 암으로 투병 중이라는 연락을 받았다. 제법 길게 투병 생활을 했었다. 간간이 연락을 주고받았는데 한번은 이런 전화가 왔다.

"요즘에는 입맛이 없어서 통 밥을 못 먹습니다. 예전에 대전 갔을 때 보리굴비 먹은 게 생각이 나네요. 그거라도 먹으면 밥이 넘어가려나…."

그 말을 듣고 얼른 보리굴비를 사서 택배로 보냈다. 그 후 얼마 안 있어 부고 연락을 받았다.

문득 요양병원에 계시던 아버지 생각이 났다. 집에 가면 기운을 찾을 수 있을 것 같다고 해서 의사의 만류에도 불구하고 구급차를 타고 집까지 왔다. 하지만 제대로 숨을 쉬지 못해 집에 도착하자마자 다시 병원으로 돌아가야 했다.

퇴근을 했더니 아내가 저녁 반찬으로 조기를 구워놓았다. 언젠가는 나도 이 조기가 간절히 그리울 때가 올 것이다. 나도 아버지처럼 추억이 있었던 곳에 가면 힘이 불끈 솟을 것 같은 마음이 들 때도 있을 것이다. 나도 시간이 지나면 오늘을 생각하겠지. 조기 새끼 한 마리를 앞에 두고 참 많은 추억이 머물다 갔다.

3장

여전히 살 만한 인생

나는 오팔세대

"불러만 주시면 어디든 출동 가능합니다."

여기저기 관절이 말을 안 들을 나이이지만, 나는 아직도 전화가 오면 거침없이 대답한다. 대전이면 고맙고, 서울이든 부산이든 불러만 주면 출동이다.

최근 오팔(OPAL)세대, 엑티브 시니어, 그레이네상스 같은 말들을 자주 듣는다. 내 입장에서는 반가운 말이다. 한참 일할 힘도 남아 있고, 이것저것 도전하고 싶은 것도 많은데, 뒷방 노인네 취급하며 한 덩어리로 묶어버리는 통에 멀쩡한 사람도 괜히 주눅 들게 만드는 게 우리의 현주소였다. 그런데 요새는 나 같은 사람을 그냥 올드 피플(Old People)이라 하지 않고, 오색찬란한 보석처럼 엑티브한 삶을 살아가는 'OPAL(Old People with

Active Life) 세대'라고 명명해준다.

UN 기준으로 봐도 예전 통계와 달리 이제는 80세부터가 노인이고, 100세부터가 장수노인이라고 한다.

"충성!"

나는 지금도 전화를 받으면 이렇게 큰 소리로 인사한다. 상대에게 나의 의지와 에너지를 동시에 전달할 수 있는 인사다. 까짓거 엎드리라면 엎드릴 수도 있고, 달려오라면 달려갈 수도 있다. 기동력도 있고, 넉살도 좋고, 추진력은 둘째가라면 서러울 것 같다.

이런 오팔세대의 사람들이 많아지면 좋겠다. 다짜고짜 흰머리라고 무시하지도 않을 테니까.

부지런히 찾아보면 놀 것도 많고, 할 것도 많다. 마음이 먼저 주눅 들고 들어가지만 않으면 된다. 경찰 생활 할 때 기선을 제압하던 게 나이 들고 나니 꽤 쓸 만한 무기가 되었다.

50~60대를 대상으로 강의할 때 마무리하면서 나는 꼭 이렇게 말한다.

"계속 일을 해야 합니다. 집에 있거나 일을 안 하면 아들이나 딸들이 찾아와서 손자 봐달라고 부탁하기 때문입니다. 돈 준다고 해도 절대 봐주지 마세요."

사실 이건 내 경험담에서 나온 것이다. 아내도 일을 하는 맞벌이 부부여서 우리는 두 아이를 장모님에게 맡겼다. 그 덕분에 장모님은 인공관절을 얻게 되었다. 하지만 아이를 키울 때 곤란한 상황이 생기면 가장 만만한 곳이 처갓집이다.

강의를 하는 곳이 마침 장모님 댁과 가까워 가는 길에 소보로 빵을 사서 경로당에 들렀다. 그 시간에는 항상 경로당에 계시다는 걸 알고 있었기 때문에 따로 연락도 하지 않고 갔다. 갑자기 등장한 사위를 장모님은 활짝 웃으며 맞이해주셨다.

경로당에는 어르신들이 스무 명 정도 있었는데, 그중 할아버지는 두 명 정도이고 모두 할머니들이었다. 아침에 경로당에 와서 밥을 먹고 점심 먹고 놀다가 요가도 한다고. 일주일 프로그램이 꽉 차 있는 사람들도 있다고 했다.

입심 좋은 할머니 한 분이 동네 늙은 남자들은 다 죽고 이렇게 여자들만 남았다고 농을 하셨다. 80세가 넘은 장모님도 혼자되신 지는 25년이 넘는다.

얼마 전 동네에 일이 있었다고 한다. 가족처럼, 친구처럼 지내던 옆집 할머니가 계셨는데, 하루는 안 보여서 집에 찾아가 보니 부엌에서 쓰러져 죽어 있었다는 것이다.

"갑자기 죽었어. 다행이지, 뭐. 안 아프고 바로 갔으니까."

곁에 아무도 없이 혼자 부엌에서 맞이한 죽음을 부러워하는 모습에 느낌이 묘했다. 옆집 할머니가 돌아가시자마자 그 집 아들이 인부 세 명과 와서 살림을 정리하는 데 300만 원이 들었다는 말도 전해주셨다.

장모님은 빈집이 되니 그 앞을 지날 때마다 더욱 그립다 하시면서, 동네에도 하나둘 빈집이 늘어나고 경로당을 찾는 사람들도 줄어서 이제 당신 차례인가 생각하게 된다고 했다. 그래서 자기 전이면 항상 옷을 가지런히 개놓고 속옷을 갈아입는다고 하셨다.

"밤에 속옷을 갈아입어요? 아침이 아니고?"

무슨 연유인가 싶어서 별생각 없이 물었더니 장모님은 이렇게 말씀하셨다.

"아침에 내가 눈을 못 뜰 수도 있잖아. 깨끗한 모습으로 죽어야지."

언제 죽을지, 어디서 죽을지, 어떻게 죽을지 아무도 모른다. 그래서 장모님은 매일 죽음을 준비하고 있는 것이다. 나도 그 나이가 되면 매일 밤 나의 죽음을 준비하며 잠이 들까?

요즘 나 자신에게 자주 하는 질문이 있다. 산다는 게 뭘까. 죽는다는 건 또 어떤 것일까. 사람은 누구나 죽고, 나 역시 사람이다. 다시 말하면 죽음은 나에게도 언제 올지 모른다. 오늘 저녁일 수도 있고, 내일일 수도 있다. 결국 지금 나에게 산다는 건 어떻게 죽어야 할까 물어가는 과정이라고 할 수 있다.

웰다잉 교육을 마치고 수료증을 받는 날, 기쁜 마음으로 받아든 수료증 사진에는 검은 띠가 둘러져 있었다. 사진 속의 나는 활짝 웃고 있었는데, 양쪽으로 드리운 검은 띠를 보니 영정 사진이었다.

묘한 감정으로 물끄러미 사진을 들여다보고 있는데, 강의실 불이 꺼지면서 강사가 촛불을 들고 와 각각 사진 앞에 놓으라고 했다. 그런 다음 쪽지를 나눠주고 마지막 순간 생각나는 사람과 그 사람에게 하고 싶은 말을 적어보라는 것이다.

나는 가장 먼저 아내가 떠올랐다. 나 없이 적어도 20년 이상을 살아가야 할 텐데, 그럼 지금의 장모님처럼 살아가게 되겠지? 과연 아내도 20년이 지나면 자기 전 속옷을 갈아입으며 혼자 죽음을 준비하게 될까? 그 생각을 하니 가슴 한켠이 아려왔다.

각자 자기가 적은 이름과 내용을 발표하다 보니 어느새 강의실은 눈물바다였다. 좀 진정이 되자 강사는 불을 켜고 이렇게 말했다.

"자, 그럼 이제부터는 어떻게 살아야 할까요?"

수강생들은 입을 모아 "욕심 부리지 않고 서로 사랑하면서 살겠습니다."라고 말했다.

나 역시 아내에게 더 잘해야겠다고 마음먹었다. 그래서 집에 도착해서는 아내를 위해 볶음밥을 만들었다. 돼지고기와 양파를 밥과 맛있게 볶아서 언젠가 텔레비전에서 본 대로 밥공기에 볶음밥을 담아 접시에 뒤집었더니 꽤 그럴싸해 보였다. 그 위에 계란 프라이까지 올리니 사 먹는 볶음밥 못지않았다.

때맞춰 현관문 여는 소리가 들려 문 앞까지 달려가서 아내를 꼭 껴안아주었다. 당황해서 아내가 "왜 이래? 갑자기 누구 강의 듣고 왔어?"라고 말했다. 역시 아내는 무드가 없다. 같이 안아주면 얼마나 좋을까? 이내에게 웰다잉 교육을 받고 왔으며 "오늘부터 잘하기로 했어."라고 하면서 볶음밥까지 준비했다고 자신 있게 말했다. 그러자 아내의 반응이 시큰둥했다.

"어, 나 밥 먹고 왔는데."

역시 세상일은 내 계획대로 되지 않는다. 하지만 그러면 또 어떤가. 볶음밥은 나 혼자 먹더라도 삐죽거리는 아내의 입꼬리가 슬쩍 올라가니 그것으로 됐다.

나 살고 싶다

평상시와 같이 사무실에서 회의를 끝내고 자리로 돌아오니 책상 위에 메모가 놓여 있었다.

'○○병원 의사, 연락 바람.'

덜컥 가슴이 내려앉으며 좋지 않은 느낌이 들었다. 아버지가 요즘 들어 자꾸 배가 아프다고 하셔서 여러 가지 검사를 마쳤던 터였다. 전화를 하니 얼마 전에 했던 검사 결과가 나왔는데 방문해서 결과를 들어야 한다고 했다.

아버지를 모시고 병원으로 향했다. 혼자 의사를 마주하고 앉자니 마음이 초조했다. 긴장된 표정으로 의사의 얼굴을 살폈다.

"혈액암입니다. 많이 사셔야 6개월입니다. 지금 상황에서 두 가지 제안을 드릴 수 있는데요, 일단 암 치료를 하시겠다면 다섯 번 정도 항암 치료를 할 수 있고요, 치료를 원치 않으시면 남은 시간을 가족들과 보내시는 게 어떨까 합니다. 환자 가족들이 상의해서 결정하십시오."

이제 나이 73세인데 남은 시간이 6개월이라니, 아버지에게 어떻게 말을 해야 할지 입이 떨어지지 않았다. 내가 만약 생이 6개월밖에 남지 않았다는 말을 들으면 어떤 기분이 들까?

손자, 손녀들 보면서 한참 재미나게 사실 만하니까 암이란다. 우선 아내에게 상의를 하니 사실대로 말씀을 드리는 게 좋겠다고 했다.

아버지의 얼굴을 똑바로 볼 수가 없었다. 제대로 모시지 못한 탓이 크다는 생각에, 죄인이라도 된 듯 마음이 착잡했다. 어렵게 검사 결과를 전하니 잠시 정적이 이어졌다.

"나 살고 싶다."

낮은 목소리로 아버지가 말을 꺼내셨다. 그 한마디에 나도 모르게 눈가가 뜨거워졌다.

"걱정 마세요. 제가 지켜드릴게요. 저 믿으세요."

아버지 앞에서 괜히 강한 척을 해보았지만 참담한 심정이었다. 그렇게 당당하고 자신만만했던 아버지가 죽음이라는 단어 앞에서 너무 작아 보였다.

집으로 돌아온 이후 아버지가 밤에 잠을 잘 못 주무시는 걸 알고 있었다. 뒤척이다 이불을 뒤집어쓰고 소리 죽여 우는 날도 있었다. 그런 아버지의 모습에 가슴이 아팠지만, 뾰족한 방도가 없었다.

아버지 결정을 기다렸지만 아버지는 며칠 동안 입을 꾹 다물고 있었다.

"내가 군대 있을 때 교회를 지었는데 말이야… 삼척 하장성에 있는 교회인데, 거기 가 보고 싶다. 거기 갔다 와서 항암 치료 받으마."

아버지는 결심이 선 듯했다.

그래서 휴가를 내서 아버지를 모시고 강원도로 향했다. 아이들은 영문도 모르고 뒷자리에서 신나게 떠들고 있었다. 아버지가 알려준 주소는 태백시에 있는 작은 감리교회였다. 어릴 적 외할머니께 아버지가 헌병대 근무 시절 그 교회를 지었다고 들은 기억이 났다. 도착해 보니 모습은 옛날 그대로였지만 옆에 새로운 교회가 크게 들어서 있었다. 그 교회 목사님에게 아버지가 예전 교회 내력을 말하자 반갑게 맞아주었다.

"목사님, 예전 교회 안에 한번 들어가 봐도 될까요?"

목사님의 허락을 받아 옛 교회로 들어서는데, 아버지가 문을 열자마자 바닥에 엎드려서 일어날 줄을 몰랐다. 소리는 없지만 '하나님, 저 살고 싶어요.'라고 하는 마지막 절규가 느껴져 같이 무릎을 꿇을 수밖에 없었다.

죽음 앞에서는 누구나 두려울 것이다. 이 세상에서 내 존재 자체가 없어진다고 생각하면 절로 기도가 나올 것이다.

'하나님, 죽음을 비켜갈 수 없다면 죽음을 뛰어넘을 수 있는 지혜를 허락해주세요. 앞을 내다보지 못하고 현실에만 급급해하며 살았습니다. 이 난관을 헤쳐 나갈 수 있는 지혜를 주세요.'

살아남고 싶어서, 버티고 내달렸던 삶을 올스톱하고 미처 준비하지 못한 죽음과 마주할 때 그 두려움을 70이 넘은 나이라고 쉽게 이겨낼 수 있을까. 어떤 지혜가 있어야 과연 그 죽음을 담담하게 받아들일 수 있을까.

귀향

항암 치료를 결정하고 아버지는 치료를 시작하기 전에 꼭 가보고 싶은 곳이 한 곳 더 있다고 하셨다. 어린 시절 발 담그고 놀았던 충청북도 회남에 있는 대청댐이었다. 원래 고향이 그곳이었는데 당시 약간의 보상을 받고 청주로 이사 왔었다. 지금은 수몰이 되어서 마을은 사라졌지만 산봉우리를 보며 아버지는 어릴 적 추억을 꺼냈다.

"그때는 가방이라는 게 없어서 보자기에 책을 넣고 어깨에 메고 다녔어. 물은 또 어찌나 맑았는지 물가에 발을 담그고 앉아 있으면 물고기가 와서 발을 간질간질하는데…."

그렇게 한참 옛날 이야기를 하시고는 무슨 생각을 하시는지 아무 말 없이 한참 가만있더니 잠시 후 말을 이었다.

"애비야, 미안하다. 내가 젊어서 영화배우 한다고 고생을 많이 시켰지? 영화 사업한다, 뭐 한다 하다가 너에게 항상 짐만 됐어. 그 흔한 보험도 없어서 치료받으면 병원비가 많이 나올 텐데… 미안하다."

"왜 그런 말씀하세요? 아들이 명색이 경찰서장인데, 아버지 병원비 없을까 봐서요. 제가 이렇게 성공한 것도 다 아버지 덕분입니다."

아버지는 말없이 눈앞에 펼쳐진 풍경만 바라보았다. 보은에 있는 할머니 산소를 향하는 동안에도 상념이 많은지 아무 말이 없었다. 사방을 자꾸만 휘휘 둘러보시는 것이 보이는 풍경들을 눈에 모두 담아가고 싶은 듯도 보였다.

만약 나에게 남은 시간이 6개월이라는 통보를 받는다면 나는 뭘 하고 싶을까? 예전에 경찰 초임 시절 신혼살림을 차렸던 당진경찰서 관사를 가볼 것 같고, 아버지 산소에 가볼 것 같다. 그게 언제가 될지 모르겠지만 못 해본 것, 아쉬운 것 없이 덤덤하게 받아들였으면 좋겠다.

며칠간 아버지는 마음을 많이 정리하셨다.

"나 죽으면 다른 것 필요 없어. 순대 좋아하니 그걸로 족해."

치료 들어가기 전에 이런 말씀도 하셨다. 욕심이 그만큼 덜어진 것이리라.

나 죽을 때는 아내가 곁에서 손을 잡아주면 좋겠다 싶었다. 물론 이것도 욕심이겠지만. 어쩌겠는가, 태생이 겁이 많은 족속인 것을.

대전중부경찰서에 첫 발령을 받고 출근을 했더니 하필 그 날이 부검이 있는 날이라고 했다. 국립과학수사연구소 견학이 전부였는데 첫날부터 부검을 참관하게 됐다.

도착한 곳은 대전에 있는 한 병원 지하실이었다. 환기를 해도 냄새가 나니 연신 에프킬라를 뿌려댔다. 부검의가 두 명이었고, 보조자 한 명이 기록을 했다. 키, 머리털, 손톱, 칼자국 길이까지 사진을 찍어가면서 단서가 될 만한 것을 찾았다.

"찔린 부위와 상처로 보아 왼손잡이 같은데요."

그렇게 겉으로 보이는 단서들을 모두 기록하면 의사가 머리부터 부검을 시작한다. 출혈 여부를 검사한 다음 두개골을 열어 뇌를 들어내 조사한 뒤, 가슴을 열어서 칼의 깊이부터 칼

길이, 예상 넓이를 추정하고 모든 장기를 들어내 살펴본다. 몇 번을 보아도 익숙해지지 않는 장면이다.

부검이 끝나면 시신을 원상태로 봉합하고 부검의가 소견을 제시한다. 죽은 지는 일주일 정도 되었고, 흉기는 사시미 칼 종류이고, 범인은 왼손잡이로 추정된다고 했다. 피해자 나이는 20대 후반이었다. 그러고 나면 참관한 형사들의 질문이 이어진다.

일주일 전만 해도 자신이 죽을 줄 꿈에도 몰랐을 피해자가 차가운 부검대에 누워 있다는 것은 직접 보고도 실감 나지 않는다. 부검실이 있는 지하실에서 올라오는데 선배가 물었다.

"어떤 기분이야?"

"글쎄요. 범인을 꼭 검거해야겠다는 생각도 들고, 사람 사는 것이 별것 아니라는 마음도 듭니다."

"그래, 별것 아니야. 그날그날 살아가는 거야. 경찰 생활 하면서도 스트레스 받지 마. 인생 사는 것 뭐 있어?"

선배는 마치 인생을 통달한 사람처럼 보였다.

"오늘 수고했는데 내가 밥 살게."

식당에 가서 자리에 앉았지만 아까 부검실 모습이 떠올라 밥 생각이 없었다.

"저는 설렁탕 먹겠습니다."

마지못해 메뉴를 고르자, 선배가 손을 휘저으며 말했다.

"아니야. 고생했는데 육회비빔밥 시키자."

육회비빔밥이 나왔는데 차마 못 먹겠어서 주저하고 있으니 선배는 내가 먹을 때까지 빤히 지켜보고 있었다. 속으로 욕이 나왔다. 분명 신입이 들어오면 단골 코스겠지 싶었다.

그런데 우습게도 시간이 훌쩍 지난 지금 지하실을 올라오며 그 선배가 해준 말이 불쑥불쑥 생각날 때가 있다.

"너무 골치 아프게 살지 마. 평범하고 단순하게 살아. 금방 봤잖아."

개똥나무풀을 달여서 먹는 것이 항암 효과에 좋다고 했다. 항암 치료를 하는 아버지를 위해 찾아보니 창원에 있는 절에 계신 스님이 마른 것을 보관하고 있다고 했다. 연가를 내서 창원으로 달려가는데 진짜 효능이 있을까 싶어 마음이 착잡했다. 그래도 지푸라기라도 잡고 싶은 심정이었다. 개똥나무풀을 얻어와 주전자에 넣고 달였는데 써서 먹을 수가 없었다. 빨리 낫게 해드리고 싶은 마음에 풀을 너무 많이 넣어 결국 먹을 수도 없게 된 것이다.

"공기 좋은 곳에 모시는 게 좋지 않을까?"

아내는 공기 좋고 시내 가까운 곳을 검색해보기 시작했다. 그리고 금산 가는 길에 위치한 시골 동네에 집이 있는지 알아보았다. 때마침 괜찮은 집이 있어 바로 계약을 했다. 항암 치료를 하면서 머물기에 좋을 것 같았다. 이사는 했지만 아버지는 결국 그 집에 오지 못하고 병원에서 돌아가셨다.

갑작스런 결정으로 이사를 하는 바람에 아이들도 중학교, 고등학교를 상당히 불편하게 다녔다. 하지만 그때는 그렇게 하면 아버지의 병이 금방 나을 것만 같았다.

병원에서 아버지께서 하신 말씀이 생각난다.

"나 아직 할 일이 많은데…."

아버지를 보며 깨달은 사실은 삶도 준비가 필요하지만 죽음도 준비가 필요하다는 것이다. 고등학교 시절에는 대학교를 가기 위해서 계획을 세운다. 군대를 갔다 와서 대학을 졸업하면 취업을 생각하고 이어서 결혼 계획을 세운다. 그러면서 우리는 버킷리스트를 수없이 썼다 지운다. 그러다 어느 순간 삶의 마지막이 저만치 와 있다면 무엇을 할 것인가, 잘 죽기 위해서도 버킷리스트를 다시 한번 정리해야 한다.

나 또한 버킷리스트를 작성해보니, 하고 싶은 일이 끝도 없다. 피아노를 계속하고, 호스피스 봉사를 본격적으로 시작하고, 퇴직 후에도 멈추지 않고 계속된 나의 도전들을 책으로 쓰고 싶고, 좋아하는 노래 강사도 목이 쉴 때까지 하고 싶다. 또

한 달에 한 번 아내가 좋아하는 염색용 천을 사러 광장시장에도 따라가고, 한 달에 한 번은 손자들까지 죄다 불러 밥 한 끼 먹고 싶고, 1년에 한 번은 장모님과 해외여행도 가고 싶다. 골프는 시간과 돈이 너무 많이 드니 예전에 하던 테니스를 주말에 하고, 매일 퇴근하면 목욕탕에 들르고 저녁에는 천변을 걷고 싶다.

이 꿈들을 이루기 위해서 시간 관리, 돈 관리, 자기 관리가 필요하다. 가능할까 싶어서 시간표를 만들어보았다. 지금은 계획뿐이지만 벌써 마음은 거기에 도착해 있었다.

경로당 커뮤니티

"남편 죽고 혼자 사는 사람을 과부라고 하는데, 나도 25년 혼자 살았으니 과부네, 과부. 과부가 특별한 사람인 줄 알았는데, 내가 과부야."

장모님이 갑자기 이런 말씀을 하셨다.

장모님은 장인어른이 돌아가시고 나서, 우리 아이들이 자랄 때 키워주셨다. 그리고 아이들이 다 자라자 터전인 부여로 내려가셨다.

한 신문에서 서울시 거주 노인 중 22.4%는 혼자 살고, 39.3%는 노인만으로 구성된 가구에 속해 살고 있다는 기사를 보았다. 응급 상황이 닥쳐도 가족의 적절한 도움을 받기 어려운 상황이었다. 독거·노인 가구 중 배우자나 자녀의 돌봄을 받고 있다고 답한 경우는 10.3%에 불과하다. 8.3%는 직계 가족에게 수발, 간호, 육아 등의 형태로 돌봄을 제공한다고 한다. 그리고 집에서 고독사할 가능성이 높다고 말한 노인은 전체 조사 대상의 18.4%였다.

이런 조사 결과를 보니 장모님도 혼자서 어떻게 살아가실까 걱정이 되었다. 갑자기 쓰러져도 모르고 지나갈 수 있지 않을까?

그나마 다행스러운 것이 장모님은 아침마다 경로당으로 출근을 하셨다. 모여서 점심을 먹고, 생일이라고 자식들이 과일 같은 걸 보내면 다 같이 나눠 먹고, 노래교실도 가고, 노인 대학도 다닌다고 하셨다. 그뿐 아니라 단체로 여행도 가고 영화도 보러 다닌다니 옛날 무료한 경로당과는 모습이 많이 바뀌었다.

경로당에서 많은 시간을 함께하면서 혹시 누가 안 보이거나 안색이 안 좋으면 안부도 묻고 집에도 가보고 119도 불러주니 서로가 의지가 된다고 했다. 경로당에 오는 노인들은 어느 때부터인가 서로가 가족이 되어 살아가고 있었다. 이처럼 노년의 삶도 공동체 속에서 서로를 의지하며 살아가는 패턴으로 변하고 있다.

경찰서장 시절에는 퇴직하고 자기 사무실에서 같이 일하

자고 한 사람들이 많이 있었다. 그런데 막상 퇴식이 가까워 오니 모두들 어디로 갔는지 잠잠했다. 지금 내가 전화한다고 해서 나올 사람이 몇 명이 있을까? 가끔은 내가 직장 생활을 잘 했는가 뒤돌아보기도 한다. 경찰서장을 지낸 한 선배가 골프를 하려고 하는데, 세 명을 못 채워 못한다는 말을 듣고 남의 일이 아닐 수도 있다는 생각이 들었다.

지금 누구와 시간을 보내고 있나? 그 사람과 함께하는 순간이 영원할 것 같아도 시간이 서로를 갈라놓기도 한다. 지금 누군가 함께 있고, 내가 할 일이 있다면 감사할 일이다. 자신에게도 격려해 줘야 한다. '그런 대로 너 잘하고 있구나.' 하고.

요새는 많이 간결해졌다고는 하나 건강검진을 받으려면 전날 장을 비워야 하기 때문에 밤새 고생을 한다. 그래도 1년을 편하게 보내려면 미리 건강 상태를 확인하고 몸 관리를 해야 한다. 한번은 수면 내시경을 하는데 보호자와 오라고 해서 아내랑 같이 갔다.

"여보, 지난번에 수면 내시경을 하다가 죽은 사람이 있다고 방송에 나왔잖아. 나 죽으면 어떻게 해?"

아내 손을 잡고 말하자 "걱정도 팔자네."라고 핀잔을 준다.

몇 번이나 하는 내시경이지만 만약에 깨어나지 못하면 어쩌나 하는 생각이 든다. 상빈이가 아이 낳는 것도 봐야 하고, 손자와 여행 가기로 한 것도 아직 못 지켰고, 아직 마이너스 통

장도 정리가 안 되어 있고, 마당의 잔디는 열흘만 안 깎아도 보기 싫은데 그건 누가 깎나, 문밖에서 차 소리만 들리면 꼬리 치는 진국이 밥은 누가 주고, 매일 아침마다 죽겠다고 하면서 죽지도 않는 아내는 누가 깨우고… 아직까지 할 일, 정리할 일이 너무 많은데….

이런 생각은 왜 내시경을 할 때만 나고 병원을 나서는 순간 잊어버릴까?

아내가 그만 일어나라고 흔들어 깨웠다. 깨어나는 순간 '아, 살았다!'라는 생각이 들었다. 사람은 항상 마지막에 철이 든다고 하는데, 갑자기 가족에게, 그동안 나를 아는 사람들에게 상처를 준 일이 있나 생각이 들었다. 삶에 대한 감사함도 건강검진과 함께 되새기게 된다.

우리에게 아침과 저녁이 주어진 이유는 날마다 새로운 마음을 가지라고 한 것이 아닐까? 사람은 실천을 해야 젊어지고, 생각만 할 때는 늙어간다고 한다. 내가 좋아하는 노래 중에 김종환의 〈사랑을 위하여〉라는 곡이 있는데, 가사 중에 "이른 아침에 잠에서 깨어 너를 바라볼 수 있다면"이라는 구절이 있다. 이른 아침 눈이 떠지는 것만으로도 감사할 일이다.

그날 저녁 선배한테 전화가 걸려왔다.

"선배님, 굿모닝입니다!"

힘차게 인사했더니, "무슨 뚱딴지같은 소리야. 지금은 저녁인데!"라고 하며 어이없어했다.

"선배님, 저는 자는 것이 무섭고, 밤이 무섭습니다. 저는 아침이 좋아요. 그래서 항상 굿모닝입니다. 밤에도 낮에도 굿모닝이에요."

매번 누구에게나 밤이든 낮이든 '굿모닝'을 외치고 꿋꿋하게 이유를 설명해준다.

이참에 더 늙기 전에 장기 기증이라도 정리해 놔야겠다고 생각하고 질병관리본부 장기이식센터에 전화를 했다. 나도 부모님에게 공짜로 받은 몸이니 공짜로 나눠주는 것이 이상할 게 없다고 생각했다.

"대전에 계시면 인터넷으로도 가능합니다. 홈페이지를 이용하시면 되는데 체크할 사항이 있습니다. 할 수 있는 것은 심장, 안구, 연골, 인대 등입니다. 운전면허에도 장기기증자 표시를 해줍니다. 같이 살고 있는 분께도 말씀하시고 추모관도 운영하니 살펴보시기 바랍니다."

센터 담당자가 몇 번이고 감사하다고 말했다. 며칠 지나니 기증 증서가 집에 도착했다. 내친김에 장기 기증에 이어 시신

기증도 알아보았다.

“영안실에서 장례 절차가 끝나면 학교 측에서 시신을 인수합니다. 학생들 실습을 하기 위해서는 바로 하는 것이 아니라 1년이란 시간이 지나야 합니다. 그리고 모든 것이 마무리되면 시신을 가족이 인수할 수 있습니다. 원하시면 학교 추모관에 둘 수도 있습니다. 먼저 본인 및 가족 동의가 있어야 하지요. 학교에 직접 방문하셔도 되고, 필요하시면 서류를 댁으로 보내드리겠습니다.”

“네, 그렇게 하겠습니다. 집으로 서류를 보내주십시오.”

평생 써먹었던 이 몸도 썩기 전에 쓸모가 있겠구나 싶은 생각에 가슴이 뛰었다. 뿌듯한 마음으로 집으로 돌아와 아내에게 말하자 한마디했다.

“그래, 장기 기증은 나도 찬성하는데 시신 기증은 아닌 것 같아. 어차피 아버님 옆에 들어갈 자리 있는데, 그렇게까지 해야 돼? 다시 한번 생각해봐. 죽은 다음에는 당신 마음대로 못해. 내가 내 마음대로 할 거니까.”

마지막 결제에서 막혔다. 고맙다는 말은 못 들어도 잘했다는 말은 들을 줄 알았는데, 아내가 복병이었다.

6개월 선고를 받고 아버지는 자신의 상황을 받아들이는 듯했다. 하지만 시간이 지날수록 죽는다는 것에 대한 의심이 생기는 모양이었다. 그래서 다른 병원에서 다시 검사를 받아보겠다고 했다. 사실 병원에서 오진을 내릴 때도 있으니 그런 마음이 드는 것도 당연하다. 몇몇 병원에서 다시 검사를 받았다. 하지만 결과는 달라지지 않았다.

이제 오진 가능성이라는 선택지가 사라지자 아버지는 현실을 부정하고 싶어진 듯했다. 교회도 열심히 다니고, 운동도 열심히 하고, 음식도 가려서 먹었는데, 왜 자신이 암에 걸리느냐는 것이었다.

언젠가부터 새벽마다 아버지의 작은 기도 소리를 들을 수 있었다.

"하나님 아버지, 제가 죄인입니다. 그동안 살아온 것에 대해 회개합니다."

아버지의 애절한 기도 소리를 들으니 나도 눈물이 멈추지 않았다. 이후 아버지의 항암 치료가 시작되고, 다섯 번을 계획했던 항암 치료는 결국 세 번 만에 끝이 났다. 의사는 이제 자신이 할 수 있는 일이 없다고 말했다.

"아프면 말씀하세요. 진통제 놔 드릴게요."

나는 아버지가 밥을 못 먹고, 머리카락이 빠지는 모습을 지켜볼 수밖에 없었다. 아버지의 손을 잡아보니 마치 나뭇가지처럼 앙상해져 있었다. 죽음은 이렇게 서서히 마음으로 몸으로 찾아오는가 보다 생각했다.

아버지는 그 연배의 사람들에 비해 상당히 큰 체구로, 180센티미터에 90킬로그램 정도였는데 이제 몸은 뼈만 남은 듯했다. 하지만 출근길에 들러서 얼굴을 뵈면 삶에 대한 의지는 누구보다 강하셨다. 아버지는 병이 금방 나을 거라고 믿고 계셨다. 자꾸 고통을 호소하시는 모습을 보고 있기 안쓰러워서 차라리 호스피스 병동으로 옮길까 하는 생각이 들었다. 약에 의지하지 않고 마지막을 정리하는 편이 더 나을 것 같았기 때문이다.

"아버지, 너무 힘드시면 호스피스 병동으로 옮길까요?"

"거기는 죽으러 가는 데 아니냐?"

아버지의 반문에 말문이 막혔다. 호스피스 병동에서 봉사 활동을 할 때는 그곳이 인간답게 마지막을 준비할 수 있어 좋아 보였다. 하지만 호스피스 병동에서 머무는 시간이 평균 18일 정도다. 병동으로 들어오는 순간 카운트다운이 시작되는 것이다. 아버지도 분명 그런 마음에 꺼려하는 것이겠지 싶었다.

호스피스 봉사를 하면서 오른쪽 손목에 있는 '보이지 않는 시계'를 보는 습관이 생겼다. 왼손에 찬 시계는 현재 시간을 알려주며 지금 최선을 다하고 있는지를 물어보는데, 오른쪽 시계는 거꾸로 100부터 37까지 내려와 있다. 그 숫자가 갑자기 0이 될 수 있으니 정신 차리라고 째깍째깍 바쁜 소리를 낸다.

삶이 팍팍하다 보니 왼손에 찬 시계를 보기도 어려운 것이 우리의 삶이다. 그럴수록 오른손에 찬 손목시계를 봐야 하지 않을까?

더불어 같이

이른 새벽에 휴대전화가 울렸다.

'또 사건이 났구나.'

임대아파트에 사는 사람이 옆집에서 이상한 냄새가 난다고 112에 전화를 걸어왔다. 아파트 문을 따고 들어가 보니 65세 남자가 죽어 있었다. 현관으로 발을 들이는 순간부터 냄새가 코를 찔렀다. 집 안은 쓰레기와 물건들이 널브러져 있었고, 부엌에는 라면 봉지와 소주병이 뒹굴고 있었다. 시신은 거의 반 백골이 되어 있었다.

문틈에 끼어 있던 고지서를 보니 날짜가 한 달 전이었다. 이유를 섣불리 단정할 수는 없겠지만 오랜 경험으로 타살은 아닐 것 같았다. 사망자의 휴대전화를 찾아서 여동생에게 연락을 했다.

"제가 지금 바빠서 갈 수가 없어서요. 그냥 알아서 처리해 주세요."

돌아오는 말이 너무나 매정했다. 이런 말을 들을 때면 여러 가지 생각이 든다. 태어날 때는 모두의 축복을 받으며 태어났을 텐데, 이 사람의 죽음은 너무도 외로웠다.

옆집에 누가 사는지도 모르는 오늘날, 고독사는 특별한 사람들만의 이야기가 아니다. 제한된 사회 활동과 부족한 노인 복지 서비스로 인해 노인들은 수입이 없고, 나날이 의료비 부담만 늘어날 뿐이다. 가족 없이 혼자 사는 노인들이 많은 것도 문제다.

정부에서는 여러 복지 정책을 실시하고 있다. 독거노인에 대한 생활지도사 파견이나 재가노인 식배달사업, 응급 상황 시 119 호출 등 다양한 정책을 펴고 있으나 아직은 시작 단계다.

얼마 전 방송에서 탈북민 모녀가 굶어 죽었다는 가슴 아픈 뉴스를 봤다. 복지 사각지대에 놓인 그들을 보며 많은 사람들이 안타까워했다. 누구를 탓하고 욕하기보다 나부터 그들과는 너무 무관하게 살지 않았는가 반성해본다. 이제 곧 내 이야기가 될 수 있다.

나이를 먹으면 몸이든 생각이든 움츠려들게 마련이다. 어떻게 하면 홀로 쓸쓸히 죽음을 맞지 않고, 공동체 속에서 그들과 어울려 살 것인지도 한 번쯤 고민해봐야 한다. 내가 처음 호스피스 봉사 활동을 하게 된 계기도 어찌 보면 여기에 있다.

나이가 들어가면서 이타적인 삶을 살 필요가 있지 않을까 생각했다. 그동안 살아오면서 받은 것을 되돌려줄 때도 되지 않았나? 그것이 돈이든, 봉사든, 재능이든 상관없다. 나눔으로써 나도 이 사회의 한 구성원이라는 사실, 공동체 속에서의 존재 이유를 찾고 싶었다. 살아온 삶을 뒤돌아보면 모두가 감사할 것뿐이다. 나눈다는 것은 일방통행이 아닌 쌍방통행이다.

그래서 아내와 같이 충남대학교 호스피스 과정 교육을 받은 뒤 호스피스 봉사를 다니게 되었다. 사실은 봉사를 다니면서 되려 하나를 더 얻고 있다. 이제 남은 삶을 어떻게 가꾸어야 할지, 의미 있는 하루가 더해진다.

170만 원

아버지의 병원 생활이 길어지면서 아버지 침대 옆에 짐이 자꾸 늘었다. 휴대용 변기, 물티슈, 소변통, 방수포 등. 시간이 지남에 따라 하나씩 기능이 약해진다는 뜻이리라. 그중 가장 두려운 것은 내 몸을 내 마음대로 할 수 없다는 것이다. 누군가의 도움 없이는 일어설 수가 없고 혼자는 걸어서 화장실도 못 가게 되었다. 물론 지나고 보니 그때가 좋았다. 그저 살아 계신 자체로도.

아버지 요양병원 건너편에는 장례식장이 있었다. 그래서 아버지가 계신 병실 창문으로 보면 장례식장이 바로 보였다. 아버지는 건너편에 있는 장례식장을 보면서 하루를 어떻게 보냈을까?

1년 전쯤 인터넷 검색을 하던 중 요양병원에서 10시간 동안 시신을 방치했다는 기사를 보고 깜짝 놀란 적이 있다. 밀린 병원비 170만 원 때문이었다. 병원 측은 병원비를 못 받았으니 나름대로 사정이 있었을 것이다. 하지만 그런 실랑이를 지켜보았을 다른 환자들은 어떤 기분이 들었을까? 죽을 때도 돈이 필요한 세상이다.

아내에게 "늙어도 최소한 170만 원은 가지고 있어야겠어."라고 했더니 "지갑에 그 돈 있으면, 죽고 나서 당신 마음대로 할 수 있어? 그럴 돈 감춰둘 생각하지 말고 지금 애들하고 나한테나 잘해. 그 돈으로 오늘 밥이나 사든가."

틀린 말도 아니지만, 산통을 깨는 데는 따를 자가 없다.

경찰서 지구대장을 지내신 분이 암에 걸렸는데 2년 정도 연락이 없다가 딸을 결혼시킨다고 청첩장을 보내왔다. 결혼식장에 가보니 퇴직한 경찰관이라 그런지 한산했다. 신부 아버지 얼굴을 보니 병색을 감추려고 화장을 했지만 예전보다 살이 많이 빠져 보였다. 하객들과 악수하면서도 버티기 힘든지 자리에 앉았다 일어섰다 했다.

"서장님, 고맙습니다. 퇴직하고 나서 한 번 찾아뵀어야 하는데 죄송합니다."

내 손을 붙잡고는 이렇게 말했다.

"몸은 좀 괜찮습니까?"

조심스럽게 물어보니, 딸 결혼식을 위해 항암 치료도 당분

간 쉬고 있다고 했다. 그동안 딸 손을 잡고 식장에 들어가는 걸 당연하게 여겼는데, 막상 아프고 보니 그게 마지막 소원이 되었다고 한다. 항암 치료를 받으면 걷는 것도 힘들기 때문에 치료를 중단한 채로 버티고 있다고 했다.

"저는 오늘 이 시간부터 소원이 없습니다."

그리고 결혼식이 시작되었다. 아버지와 딸은 입장을 하면서 눈시울이 빨개지더니, 이내 눈물을 뚝뚝 흘리며 걸었다. 그러자 하객들 사이에서도 훌쩍거리는 소리가 들렸다.

딸을 위한 그의 마지막 발걸음이 얼마나 힘에 부쳤을지 충분히 짐작할 수 있었다. 그리고 그 딸의 손을 사위에게 넘기고 나서 그가 얼마나 안도했을지, 얼마나 감사했을지 생각하니 나 또한 눈물이 났다. 그처럼 아름다운 장면을 또 볼 수 있을까? 그 자리에 있었다는 것 자체가 나는 행복했다. 그 후 일주일이 지나서 사망 소식을 들었다.

실력을 인정받아서 승진할 때나 자식이 좋은 대학 가면 누구나 감사하는 마음이 생길 것이다. 하지만 그런 조건이 아니라도 우리의 삶에는 감사할 일이 수없이 많다. 감사할 일이 없다고 여길 때조차 마른 행주를 짜듯이 주변을 잘 살펴보면 감사의 조건들이 차고 넘친다.

아버지 돌아가시고 나서 정신없이 상을 치렀다. 아버지는 살아생전 물이 잘 빠지는 마사토에 묻히고 싶다고 했다. 그러다가 화장을 하라고 하셨는데, 마지막 순간에는 손자에게 다시 화장은 싫다고 하셔서 결국 앞이 트인 길옆 산자락에 묻히셨다.

아버지의 유품을 정리해야 하는데 마음만 있고 한참을 미루었다. 그러다 어느 정도 마음 정리가 되자 버릴 것은 버리고 태울 것은 태우려고 분리를 시작했다. 그때 아버지 주민등록증이 나왔다. 그냥 버릴 수도 없고 그렇다고 태우려니 그것도 내키지 않았다. 아버지의 마지막 흔적인데, 그것마저 세상에서 사라진다니 왠지 더욱 쓸쓸한 마음이 들었다.

73년이라는 인생을 정리하는 데 하루도 걸리지 않았다.

'아, 이게 인생이구나.'

병원에서 통증 때문에 고통스러워하실 때는 그냥 잘 보내드리고 싶다고 생각한 적도 많았다. 진통제도 듣지 않는데 그 고통을 감내하는 것이 안타까워서였다. 그런데 이제 다시 볼 수 없다, 이 세상에 없다고 생각하니 그게 더 마음이 아팠다.

아버지가 처음으로 암 선고를 받았을 때 지키지도 못할 약속을 했었는데, 그 순간을 다시 떠올리니 죄송스러운 마음이 들었다. 아버지의 산소를 찾아가 실컷 울었다. 그랬더니 아버지의 목소리가 들리는 듯했다.

'애들 기다리니까 얼른 집에 가라.'

눈물이 말라버릴 정도로 실컷 울고 나니 오히려 후련한 기분이었다.

훌훌 털어버리고 집에 돌아가서 아내와 아이들을 불러 아버지와 함께 살면서 좋았던 점 세 가지를 각각 말해보는 시간을 가졌다.

"어, 할아버지는 학교 갔다 오면 호떡도 구워주시고, 빨래도 잘 하시고…."

"출근할 때 아버님이 내 구두도 닦아주셨는데…."

애써 잊으려고 했을 때보다 즐거운 시간이었다. 눈물이 나기보다 웃음이 났다. 이야기를 들으면서 그러냐고 고개만 끄덕이고 있으니 아이들이 물었다.

"아빠는 가장 좋았던 기억이 뭐예요?"

"음, 할아버지가 있어서 내가 세상에 나왔고, 그래서 엄마도 만나고, 너희들도 만났으니 그게 제일 좋지."

아버지는 지금의 내 행복이 있게 해준 고마운 분이다. 아버지의 아들로 태어나서 감사한 이유를 더 찾거나 열거할 필요가 있을까.

있을 때 잘해

일요일이면 아내와 함께 교회를 간다. 그날은 아내가 예배 마치고 찬양대 연습을 더 해야 한다고 해서 각자 차를 가지고 출발하기로 했다.

항상 그렇듯이 아내는 화장을 하느라 30분이 지나도록 집에서 나올 줄을 몰랐고, 막상 출발하니 뒤따라가는 나는 생각하지도 않고 신이 나서 액셀을 밟았다.

부지런히 쫓아갔지만 중간쯤에서 아내의 차를 놓치고 말았다. 교회에 도착해서 주차를 한 뒤 아내가 먼저 도착했으려니 하고 둘러보았지만 아무리 찾아도 보이지 않았다. 걱정이 되어서 전화를 했는데 휴대전화도 받지 않았다. 갑자기 가슴이 철렁했다. 머릿속으로는 불길한 생각도 스쳐 지나갔다. 그렇게 초조하게 기다리고 있는데, 한참 뒤 아내의 차가 급하게 들어오는 게 보였다.

차에서 내리는 아내에게 다짜고짜 소리쳤다.

"왜 전화를 안 받아? 얼마나 걱정했는데!"

그래도 일단 얼굴을 보니 안심이 되었고, 무사히 와준 것에 그저 반갑고 감사했다.

자초지종을 들어보니, 유성에서 경부고속도로를 타야 하는데, 아무 생각 없이 가다가 학교 가던 길이 익숙해서 서세종까지 가서야 차를 돌려 다시 부랴부랴 왔다며 전화 받을 정신이 없었다고 했다.

그날 내내 나는 아내의 꽁무니를 졸졸 따라다녔다. 다시는 못 볼 수도 있었다는 찰나의 망상에 그날만큼은 1분도 허투루 흘려보내고 싶지 않았다고나 할까.

우리는 어제와 다름없는 하루하루를 살고 있다. 그저 앞으로 나아가기만 할 뿐 인생을 되돌릴 수는 없다. 만약 오늘이 우리 부부 중 한 사람의 마지막 날이었다면 내가 아내에게 한 마지막 말은 무엇이었을까? 있을 때 잘하라는 말이 괜히 있는 게 아니다.

재미있게 살다가 천천히 와

얼마 전, 친한 친구가 죽어서 발인에 따라갔다가 오는 길이었다. 버스 안은 조용했다. 피곤에 지쳤는지 다들 입을 꾹 다물고 있었다. 그때 갑자기 큰아들이 자리에서 일어나더니 조문객들에게 말했다.

"여러분, 오늘 눈까지 내리는 날 아버지 하관하는 데까지 오셔서 너무 감사합니다. 앞으로 가족들 애경사가 있을 때 연락 주시면 꼭 찾아뵙고 인사드리겠습니다. 내내 건강하시길 바라겠습니다. 그리고 오늘 아버지가 여기 계신 여러분께 감사하다는 말을 전하시겠습니다."

죽은 사람이 무슨 인사냐고, 뜬금없이 무슨 소리인가 하고 자다가 벌떡 깨는 사람도 있었다. 나도 내 귀를 의심했다.

그런데 친구 아들이 버스에 있는 비디오를 틀자 생진에 미리 찍어놨는지 죽은 친구가 영상에 나왔다.

"여러분, 오늘 제 장례식에 오셔서 너무 감사드립니다. 삶이라는 것이 오래갈 줄 알고 앞만 보고 동동거리고 살았는데, 그게 아니었습니다. 제가 이 세상에 태어나서 가장 기뻤던 일이 무엇이었나 생각해보니 제 아내를 만난 일이었습니다. 저를 닮은 첫딸을 만났을 때도 좋았습니다. 하지만 듬직한 남편, 다정한 아빠가 되기보다 직장 생활에 파묻혀서 앞만 보고 달려왔습니다. 승진이 뭐라고, 그게 전부인 줄 알았는데, 어느 날 정년퇴직이 눈앞에 다가와 있었습니다. 제가 친구들과 축구하고 등산 갈 때 아내와 아이들은 집을 지키고 있었고, 매번 늦게 들어가는 것이 미안해서 통닭이라도 사가면 그것이 보상인 줄 알았습니다. 아내와 아이들에게 좀 더 관심을 가져야 한다는 것을 그때는 왜 몰랐는지 후회스럽습니다."

비단 친구의 이야기만이 아니라 우리 모두의 이야기였다. 친구의 영상을 보며 우리는 숙연해질 수밖에 없었다. 친구의 이야기는 계속되었다.

"오늘 제 장례식에 참석한 친구들에게 감사한 마음을 전하고 싶습니다. 어려울 때, 좋을 때 동무 되어 주셔서 감사합니다.

사실 죽는다는 것이 남의 일인 줄 알았습니다. 그 날짜를 받아 놓고 보니 왜 이리 할 일도 많고 아쉬움도 많은지요. 저는 죽고 나면 어떤 일이 벌어질까 지금도 궁금하지만 무섭기도 합니다. 비록 육체는 없어지더라도 그다음 세계가 있을지도 궁금합니다. 여러분, 살아 있을 때 좀 더 사랑하고 좀 더 나눠주고 좀 더 기쁘게 보내세요. 다시 만날 날을 약속하고 싶어요. 감사하고 사랑합니다. 제가 먼저 가서 기다릴 테니 이 세상에서 재미있게 보내시고 천천히 오세요."

친구가 밝은 얼굴로 제법 길게 말하는 모습을 보니 몸이 건강할 때 촬영한 것 같았다. 영상이 끝나자 버스 한구석에서 흐느끼는 소리가 들렸다.

과연 나도 저렇게 죽음을 준비할 자신이 있을까 나에게 물어보았다. 살아가면서 죽음을 자꾸 멀리하게 된다. 내 일이 아니고 남의 일이라고 생각하기에 자꾸 외면하게 된다. 그러나 내가 이 세상에 와서 이만큼 충분히 살았으니, 죽음에 대해서도 한 번쯤은 진지하게 생각할 필요가 있지 않을까? 죽음을 친구로 생각한다면 우리를 얽매고 있는 두려움도 사라질 것이다.

충남대병원 근처 복권방에는 나이 지긋한 사람들이 항상 줄을 서 있다.

'명당자리라도 되나?'

매번 지날 때마다 진귀한 광경에 돌아보곤 한다. 자동차를 세워놓고 줄을 선 사람들도 많다. 문득 아버지 살아생전에 매주 복권을 사셨던 게 기억이 났다. 요양보호사가 하루는 나를 불러 아버지가 매주 복권을 사다 달라고 부탁을 하는데, 사다 줘야 하는지 말아야 하는지 고민이라고 했다.

시한부 인생을 살면서 그 돈 있으면 맛있는 거라도 더 사드실 것이지 뭣하러 복권을 사시나 싶었다. 병실에 가서 아버지 침대 밑을 보니 지나간 복권이 산더미처럼 쌓여 있었다. 아버지가 병원에 계실 때 쓸 데도 없었지만 꼬박꼬박 용돈을 30만 원씩 드렸다. 그러자 복권을 처음에는 한두 장 사던 것이 5장, 10장으로 늘어 돌아가시기 전에는 30만 원을 몽땅 복권 사는 데 쓰셨다. 처음에 이유를 물어볼까 말까 망설였는데 아내가 그냥 두라고 했다. 아버지 나름대로 한을 푸시는 것이라고.

아버지는 한평생 영화배우를 해보겠다고 뛰어다녔다. 〈최후 전신 180리〉, 〈병사는 죽어서 말한다〉 같은 작품에도 조연으로 출연하셨다. 그러나 주연은 못 해보고 평생 꿈만 좇았다.

그러다 보니 자식들에게 소홀할 수밖에 없었다. 나중에 여동생을 대학에 못 보낸 것을 아버지가 두고두고 미안해했는데, 혹여라도 복권에 당첨되면 힘들게 살았던 자식들에게 마지막 선물을 하고 갈 수 있지 않을까 생각했던 것이리라.

'아버지, 왜 그러셨어요? 자식들에게는 미안해하지 않아도 되는데요.'

이 말을 해주고 싶었다. 하지만 이 말도 못했다. 그저 정말로 저렇게 열심히 사 모으는 복권이 하나라도 당첨이 되어서 그 한이 풀렸으면 했다.

복권방 앞에 줄 서 있는 저들도 누군가에게 미안했던 마음을 조금이라도 갚으려는 것이 아닐까? 마치 우리 아버지처럼.

인생 3막에

내 인생 후반전은 치열하다. 퇴직하기 전, 후반전을 쥘 탄창을 채우기 위해 발이 부르트도록 뛰어다녔다. 몸이 열 개라도 모자랄 지경이었다. 운 좋게도 퇴직 직후 대기업 상근 고문으로 임용되어 번듯한 사무실로 매일 아침 꼬박꼬박 출근할 수 있었다. 1년마다 계약 갱신을 해야 했지만 나처럼 퇴직한 사람들이면 다 부러워할 만한 일터가 생겨 그것만으로도 감사했다. 어깨에 힘을 주고 아직 팔팔하니 걱정 말라고 소리칠 정도는 되었다. 그렇지만 현실에는 대학생 아들에, 고등학생 딸에, 막 태어난 손자들까지 나만 보고 있었다.

아버지에게 물려받은 끼에, 특유의 쾌활함 덕분에 이런저런 기관에서 강의 요청이 들어왔다. 많게는 일주일에 세 번이나 강의를 뛰었다. 체력 관리는 필수였다. 그러는 동안에 신학 대학원을 졸업하고 목사 안수를 받았고, 노래 강사 자격증까지 취득했다.

지금은 인생 3막쯤 되려나? 기관 강의를 다닐 때는 제법 점잖은 목소리로 "네. 정기룡입니다."라고 전화를 받았다면, 요새는 아주 쾌활하게 한 톤 높여 "네. 정기룡입니다."라고 전화를 받는다. 상대가 누가 됐든지 요즘 내가 어떻게 사는지 이 한마디로 보여줄 수 있다. 나도 내 안의 에너지를 관리하고 발산하는 것이다. 내 삶이 활기차고 에너지가 흘러넘쳐야 비로소 다른 사람들에게 강의나 설교를 통해서도 에너지를 나누어줄 수 있기 때문이다.

부르는 데가 없으면 내가 간다

솔직히 고백을 하자면 노래 강사 자격증을 1년 동안 공부해서 취득했는데 불러주는 데가 아직까지는 없다. 어느 기관에서 장비만 있으면 자리 마련해서 노래교실을 열게 해준다고 약속했다. 나는 바로 노래 강사를 할 줄 알고 엘프(반주기) 320만 원에, 마이크와 스피커 등 120만 원 정도 들여 장비를 떡하니 마련했는데 감감무소식이다.

"아이고, 저걸 어째?"

아내가 그 장비들만 보면 자리만 차지한다고 한숨을 쉰다.

그뿐이면 말을 안 한다. 장비들을 싣고 다녀야 해서 차도 SUV로 바꿨다. 누구누구는 3일 만에 자격증을 땄다고 자랑하는데, 나는 정식으로 1년 동안 어렵게 딴 자격증인데, 무용지

물이 될 판이다. 어쩌겠는가, 대한민국에 노래 잘하는 사람이 그렇게 많고, 너도나도 노래 강사라는데! 불러주는 데가 없으면 내가 찾아간다. 피아노 배울 적에 학원에서 키보드 치던 친구들과 팀을 짜서 오류동 시장에 봉사활동을 간다. 어르신들을 위한 위문 잔치다. 마이크 잡고 노래를 몇 곡씩 뽑는다. 무대가 마련되어 있기 때문에 화려하게 차려입고 〈누이〉, 〈머나먼 고향〉 등을 멋들어지게 뽑는다. 우리 뒤로 페이를 받고 공연을 하는 팀들이 있는데, 몇몇 상인들은 그들보다 내 노래가 훨씬 신나고 좋단다.

충남대학교 호스피스 병동에서 지난 크리스마스 축하 잔치 때도 노래 두 곡을 불렀다. 노래 강사도 나름 인지도가 필요하니 이렇게 저렇게 발품을 팔 필요가 있다.

인생은 반전의 연속이다. 경찰이 된 것도, 강사가 된 것도 반전이었고, 나는 이 반전을 누구보다 즐길 준비가 되어 있다.

남자가 철이 들 때

아내 없이 남자가 혼자 산다는 게 얼마나 어려울지 아버지를 보면서 간접적으로 느꼈다. 아내를 먼저 보내고 남자가 혼자 산다는 것이 정말 어렵다는 것을 실감했다. 생전에 아버지께서 빨래를 개면서 한마디 툭 던졌다.

"어디 가서 식모살이를 해도 이것보다 낫겠다."

"하지 마세요. 제가 할게요."

나도 퉁명스럽게 받아쳤다. 평생 본인 위주로 살아왔던 아버지에 대한 미움이 나도 모르게 불쑥 나왔다. 하지만 지금 생각해보면 좀 알아달라는 표현이었을 것이다.

당신 하고 싶었던 일을 하면서 마음껏 살던 분이었는데, 홀로되자 기력도 떨어지고 능력도 없어 아들 집에서 함께 살게 되었으니 얼마나 자신의 신세가 한심스럽게 느껴졌을까.

월급날이 되면 항상 아버지에게 용돈을 챙겨드렸다. 어쩌다 용돈 드리는 날이 늦어지기라도 하면 말씀은 못 하시고 표정으로 티를 내던 아이 같던 아버지.

아버지는 젊을 때 오른손을 다쳐서 젓가락질을 힘들어했다. 그래서 식당에 갈 때면 항상 포크를 준비해서 다니곤 했다. 아버지와 같이 가는 식당이라고 해봐야 순댓국집이나 소머리국밥집이 전부였다. 아버지가 좋아하시는 메뉴였기 때문이다. 지금도 다니는 단골 순댓국집은 여전히 같은 자리를 지키고 있다. 다만 가게를 그 집 아들이 물려받았고, 아버지가 앉던 자리에는 내가, 내가 앉던 자리에는 내 아들이 앉아 있다는 것이 바뀌었을 뿐.

예전에는 유산을 많이 받은 친구들이 부러웠다. 하지만 늘 부모에게 받을 거만 생각했지 나는 아버지에게 무엇을 해드렸나 생각하니, 한 번도 아버지를 안아드린 기억이 없다. 영화에서처럼 아버지가 돌아가시던 하루 전날로 갈 수만 있다면 아버지를 꼭 안아드리고 감사하다고 말해주고 싶다. 60이 넘어 손주까지 보고 나니 나도 이제 슬슬 철이 드나 보다.

4장

아직도
배우는
중입니다

배움을 다시 시작할 때

요새 같은 고령화 시대에 인생이 언제 끝날지 누가 알겠는가. 지인의 할머니가 지금 나이가 108세인데, 아직도 정신이 맑고 이것저것 자잘한 집안 일도 거들 정도로 기력이 좋다고 한다. 그런데 그분이 이런 말씀을 하셨단다.

"내가 백 살 넘을 때까지 살 줄 누가 알았겠어. 이럴 줄 알았다면 여든에 한글이라도 배울 것을. 그때는 금방 죽을 줄 알고, 아무것도 안 했는데, 30년을 더 살 줄 알았다면 한글이라도 떼서 책이라도 보고 그랬으면 덜 심심했을 텐데…."

이 말을 전해 듣고 나는 뒤통수를 강하게 얻어맞은 듯했다. 평생 까막눈으로 한글 모르고도 잘 사셨겠지만 글을 읽고 쓸 줄 알면 또 인생이 얼마나 달라졌을 것인가.

95세가 넘은 어느 노인의 후회 가득한 수기를 읽은 적이 있다. 그는 젊은 시절 누구보다 치열하게 살았고, 남에게 존경받는 교수가 되었으며, 60세에 정년으로 은퇴했다. 그런데 은퇴 이후 30년은 그에게 큰 패배감을 안겨주었다고 한다. 노년을 위해 아무 준비도 하지 않았고, 죽음만을 기다리는 무력한 삶이 30년이나 되었으니, 인생의 3분의 1이 후회로 채워지게 된 것이다.

이를 본 어떤 사람은 큰 충격을 받고 65세가 넘어 외국어 공부를 시작했다고 한다. 그리고 똑같이 95세가 되었을 때 영어, 스페인어, 프랑스어, 중국어 등 4개 외국어를 마스터할 정도가 되었다고 한다.

배움을 시작할 나이를 재다가 아까운 1, 2년을 훌쩍 흘려보내는 사람이 많다. 그런 시간들이 쌓여서 10년이 되고 20년이 되는데, 뒤돌아보고 후회하느니 오늘 당장 시작해보는 게 낫지 않을까. 인생은 모르는 것이다. 언제 인생이 끝날지, 앞으로 어떤 인생이 펼쳐질지.

감사하며 살아

속이 불편해서 병원에 갔더니 일주일 후에 오라고 한다. 일주일 동안 불안해하며 떨다가 결과를 들으러 간다. 의사는 즉시 입원을 해야 할 정도로 상태가 심각하다고 말하고 수술에 대한 책임 등 동의서에 사인을 하라고 한다. 이게 웬 날벼락인가. 의사는 수술 중 잘못될 수 있다고 말하면서 수술이 잘 되면 회복할 수 있다고는 한다. 목욕을 하고 수술복으로 갈아입은 다음 이대로 수술이 잘못될 수 있다는 생각을 하다가 전단지를 발견한다. 그리고 전단지 뒤에 마지막 편지를 적는다.

호스피스 교육 과정 중 위의 가상 상황을 주면서 가족들에게 마지막 편지를 써보는 시간이 있다.

나도 마음을 가라앉히고 그 상황에서 어떤 말을 남길 수 있을까 생각해보았다. 아내에게 구구절절 편지를 써보았다.

사랑하는 아내 지원에게

당신과의 만남은 내 일생에 큰 행운이었지. 갑작스러운 이별을 하게 되었지만 이 또한 다 하나님의 뜻이라고 생각해. 내가 당신보다 먼저 죽는다는 것이 당신에게는 아픔이 될 수 있겠지만 나에게는 행복이라 말할 수 있네.

그동안 감사했고, 사랑해.

잠깐 왔다 가는 인생, 나 죽으면 재혼해. 혼자 덩그러니 집에 남아 있다는 건 참 외롭고 힘들 테니. 나 죽으면 화장해서 아버지 고향인 금강 회남에 뿌려줘. 그리고 내 생각은 아이들과 모일 때나 한 번씩 해. 다른 날은 그냥 재밌게 살아.

아이들이 걱정이지만, 자기들 하고 싶은 것 하고 사니 크게 걱정은 안 하려고 해. 물려줄 재산이라고는 하나도 없지만, 착하고 성실하니 걱정 없어. 정말 시간이 금방이잖아. 하루하루 감사하며 살아. 내가 먼저 가 있을게. 사랑해.

살아 있는 동안에 매일 이런 마음으로 살면 오죽이나 좋을까. 죽음을 앞에 두면 이렇게 담담하고 욕심도 덜어질 수 있는 것인데, 어떻게든 살려고 애쓰고 아등바등하니까 더 조급해지는 것이다.

일본 유학파 돌봄노동자이자 요양보호사 이은주 씨에 대한 기사를 봤는데, 그의 이야기 중에 깊은 울림을 주는 말이 있었다.

“나도 언젠가는 이들 뮤즈와 제우스의 자리에 있을 것이다. 갈아주기 전까지는 축축한 기저귀에 몸을 맡겨야 할 것이다. 누군가 내 입안에 숟가락으로 죽을 넣어주기 전까지는 목이 마른 것도 견뎌야 할 것이다. 누가 내 손과 발을 어루만져주기까지는 담요 밖으로 갑갑한 발을 빼내지도 못할 것이다. 열정에 가득 찬 봉사자에 의해 억지로 간식을 먹어야 할지도 모른다. 운이 좋으면 침대 곁에서 내 손을 잡고 체온을 나누어줄 사

람을 만날 수 있을 것이다."_ 이은주, 《나는 신들의 요양보호사입니다》 중에서

스물세 살부터 요양보호사로 일한 그녀는 자신이 돌보는 환자들을 뮤즈와 제우스라고 불렀다. 누군가의 소중한 어머니, 아버지였기에, 삶이라는 전쟁터에서 혼신을 다해 사셨으니 신들로 대접받아도 마땅하다는 것이다.

나도 매주 그런 분들을 만나러 충남대학교 호스피스 병동에 봉사를 간다. 호스피스 병동은 병원 6층에 있었는데, 첫인상이 다른 병동보다 아늑하다고 해야 할까, 조용하다고 해야 할까, 아무튼 차분하고 정감 있는 느낌이었다.

정원으로 꾸며놓은 곳에는 휠체어를 타고 한없이 창밖을 내다보는 사람들도 있었는데, 마치 〈마지막 잎새〉의 한 장면이 떠올랐다. 하늘에 떠가는 구름, 바람 하나 놓치지 않으려는 것처럼 미동도 없이 창밖을 바라보고 있다.

봉사를 시작하고 환자들과도 이런저런 이야기를 나눌 정도로 익숙해졌을 때, 그렇게 우두커니 휠체어에 앉아 밖을 쳐다보는 어르신 한 분이 눈에 띄었다. 환자와 대화를 많이 하라는 조언을 받았던 터라 넉살 좋게 말을 붙여보았다.

어르신은 청양이 고향이고, 보령에서 건축 일을 하다가 늘그막에 대전으로 왔다고 하셨다. 아들을 낳고 싶어서 계속 낳다 보니 1남 4녀, 5남매를 두었다고 하셨다.

“아들 있으니 좋던가요? 아들이 잘해주세요?”

아무 생각 없이 물었는데, 방금까지 말씀을 잘하시던 어르신이 갑자기 입을 꾹 다물었다.

무슨 일인가 싶어 표정을 살피니 “앞서 보냈어.”라고 작게 한마디 툭 던지셨다. 눈가에는 눈물이 맺혔다. 아들이니까 나보다 어리겠지 하는 생각에 물어본 것이었는데, 괜히 물어보았구나 싶었다. 분위기를 바꾸려고 일부러 밝은 목소리로 또 물었다.

“딸들이 많으니까 딸들은 잘하죠? 요샌 아들보다 딸 원하는 부모들이 많잖아요.”

“예쁜 놈도 있고, 그렇지 않은 놈도 있고 그렇지, 뭐.”

“그래요? 안 예쁜 딸들은 왜 안 예쁘세요?”

“자주 오는 딸이 예쁘지.”

나에게 괜히 딸 흉을 봤다고 생각했는지 어르신은 창밖으로 눈을 돌렸다. 밖에서는 비가 내리고 있었다.

오늘 내리는 이 비를 보며 이 어르신은 무슨 생각을 할까 궁금했다. 젊은 날 누구보다 열심히 사셨을 그의 인생과, 그의 가족들, 죽음을 앞둔 그에게 찾아온 무수한 상념들…. 나도 인생을 살 만큼 살았지만 함부로 예단할 수도, 말할 수도 없다.

맑은 날은 맑은 날이어서, 비가 오는 날은 비가 오는 날이어서 외로운 어르신에게 순간순간이 생기로 스며들기를 바랄 뿐이다.

내 몸을 맡기는 순간

아직 내 손으로 밥을 떠먹고, 두 발로 화장실을 갈 수 있다는 게 얼마나 감사한 일인지 모른다. 아니, 오므린 다리를 펼 수 있고, 손을 들어 올리고 내릴 수 있는 것만으로도 감사할 일이다. 사실 누군가에게 내 몸을 의탁하게 되는 순간은 최대한 미루고 싶은 게 솔직한 마음이다.

호스피스 병동에 봉사를 가면 일을 시작하기 전에 간호사가 환자 상태를 일일이 설명을 하는데, 한 환자에 대해서 이렇게 말했다.

"나이는 78세입니다. 젊은 시절에 교수를 지내셨습니다. 현재는 교사인 딸이 휴직을 하고 간호를 하고 있습니다. 오른쪽 골절이 있어서 목욕할 때 주의하셔야 합니다. 평상시에 목욕을 좋아하셨다네요."

설명을 듣고 환자의 목욕 준비를 했다. 일단 목욕실에 라디에이터 온도를 높여서 따듯하게 하고, 갈아입을 옷을 위에다 올려놓고, 물 온도를 맞추었다. 마치 대단한 작업이라도 하는 것처럼 다들 비장한 모습이었다. 그런 다음 침대에서 옮길 목욕 배드를 준비하고 봉사자들도 비닐 옷으로 갈아입고 장화를 신었다. 그리고 환자 병실로 갔다.

"안녕하세요? 오늘 목욕하려고 하는데 어떠세요?"

"아, 감사합니다."

간호를 하던 딸이 고맙다며 인사를 했다.

침대째로 목욕실로 이동했다. 오래 지낸 환자일수록 침대 주변에 물건들이 많다. 여간 조심해야 하는 게 아니다.

목욕 봉사를 하면서 문득 그런 생각이 들었다. 몸이 아파 내 몸을 내 마음대로 할 수 없게 되면 굉장히 자존심이 상하지만 더 두려운 것은 내 몸을 모르는 사람들에게 그대로 내보여야 한다는 것이다. 의사와 간호사들에게 항상 둘러싸여 있게 된다. 말 그대로 무장해제다. 어떤 환자는 기저귀에 대변을 봐야 하는데, 화장실에 가서 일을 보겠다고 고집을 부린다. 두 다리에 힘이 없어 화장실에 가는 건 언감생심인데도 기저귀에 대변을 보는 것도 익숙지 않고, 누군가가 그것을 치워준다는 것이 치욕스럽게 느껴진다는 것이다. 그의 고집이 이해가 가면서도 안쓰럽기 짝이 없다. 그 단계가 지나면 이제 기저귀를 갈아주면 '고맙습니다.'라고 말한다. 자신의 상황을 인정하고 받아들이는 것이다.

목욕 봉사는 아무래도 익숙하지 않아서 침대에서 목욕 배드로 옮기는 데 환자보다 더 긴장이 된다. 온몸이 땀으로 범벅이 되었다. 옷을 벗기고 머리부터 감기기 위해서 귀마개를 해드렸다. 머리부터 감기고 몸을 씻기는데, 여자 봉사자가 눈짓을 하면서 은밀한 부위는 나보고 닦으라고 신호를 보냈다. 그렇게 누군가 내 몸을 만져도 아무것도 할 수 없다면 어떤 기분이 들까, 나에게도 잠시 상념이 스쳐 지나갔다.

혹시나 감기 들까 봐 빠르게 옷을 입히고 목욕실을 나서는데 환자분이 연신 고맙다고 했다.

건강할 때야 하고 싶은 거 하고, 다니고 싶은 곳을 다니고 마음대로 하겠지만 언젠가 나도 내 몸을 누군가에게 맡겨야 할 시간이 올 것이다. 그 손이 과연 누구의 손일까? 아내, 자식들, 아니면 얼굴도 모르는 봉사자일까?

18일짜리 출석부

초등학교 시절에 선생님은 항상 검은색 커다란 출석부와 회초리를 세트로 들고 다녔다. 한 사람씩 이름을 부를 때 오지 않은 친구가 있으면 다른 친구들이 대답을 해주곤 했다.

호스피스 봉사자실에도 출석부가 있다. 환자 명단이 20대부터 90대까지 모두 기록되어 있는데, 38세 골육종 환자부터 50세 혈액암 환자, 그리고 60대와 80대 환자 12명의 이름이 적혀 있었다.

90대가 넘은 분들도 인생이 아쉽겠지만, 20세인 환자는 얼마나 아쉬울까 하는 마음이 들었다. 다른 봉사자 말로는 예전에는 10대도 있었다고 한다. 왼편에는 지난주 돌아가신 분의 명단이 있다. 여기서는 삶과 죽음 사이의 거리가 고작 1미터다.

어렸을 때 초등학교 선생님이 부르던 출석부는 대개 해마다 갱신되는 1년짜리다. 오늘 못 가면 내일 가면 된다. 하지만 호스피스 출석부 명단은 평균 18일짜리다. 병동에 왔다가 다른 요양원으로 가는 사람도 있고, 가정으로 가는 사람도 간혹 있지만 병동에서 머무는 시간이 평균적으로 18일이기 때문이다. 인생의 끝자락에 들르는 곳이다.

매주 월요일 오후에 봉사하러 가면 먼저 눈길이 머무는 곳은 돌아가신 분들의 명단이다. 지난주에 발 마사지를 해주었던 환자 이름도 있었는데 나와 같은 나이였다.

나도 언젠가 하나님의 부름을 받을 날이 있을 것이다. 지금이야 평생 죽지 않을 것처럼 살고 있지만 죽음이 내년, 아니 다음 달, 아니 18일 이후일지도 모른다.

내 몸이 아프면 참지만 아이들이 아프면 밤잠을 못 자는 삶을 살았다. 지금은 내 아들도 자식이 아프다면 자다가도 약국으로 뛰어간다. 아버지로서 고단한 삶을 굿바이하고 이제부터는 나를 위해 조금은 이기적으로 살고 싶다고 생각했다. 인생은 한 번뿐이니까.

정마담이라 불러주세요

"새로 들어온 신입입니다. 잘 부탁드리겠습니다."

호스피스 병동에 처음 갔을 때 힘차게 인사했다. 선배 봉사자들 중에는 봉사자로 일한 지 몇 년 되신 분이 세 명 있었다. 내가 인사를 시원하게 하자 비슷한 또래로 보이는 아주머니 한 분이 무슨 일을 하느냐고 물었다. 선배들 기에 눌리면 안 되겠다 싶어서 묻지도 않은 말까지 늘어놓았다.

"대전에서 경찰서장을 네 군데 돌아다니면서 했습니다. 승진을 빨리해서 계급 정년으로 5년 일찍 은퇴했습니다."

"그런 분이 왜 호스피스 봉사를 하러 오셨어요?"

"아버지가 이 병원에서 돌아가셨습니다. 공무원 생활 하면서 받은 것도 많았으니 이제 저도 봉사로 갚고 싶습니다."

소개를 마치자 간호사가 들어와서 본격적으로 주의 사항과 할 일을 알려주었다. 마사지, 목욕, 발 마사지, 대화 등 각자 할 일을 나누어서 네 명이 팀으로 함께 병실을 돌았다. 간호사가 시키는 대로 뜨거운 물수건으로 다리를 주무르고 다시 로션을 바르고 발 마사지를 했다. 이렇게 누군가의 발을 주무르는 건 아버지 이외에 처음인 것 같았다. 발을 보니 아버지 생각이 자꾸만 났다. 뼈만 앙상한 것이 돌아가시기 직전 아버지의 발을 보는 듯했다.

선배 봉사자는 환자나 가족들이랑 빨리 친해지는 팁을 주었다. 차를 준비해서 돌리는 것이라고 했다. 다들 분위기에 예민하니까 일회용 컵보다는 유리컵을 준비하라고 했다. 유리컵을 씻는 법부터 로즈마리 차 끓이는 법을 배우고, 주전자를 들고 앞서가는 선배 뒤를 쟁반을 들고 따랐다.

"참, 호칭을 뭐라고 하면 좋을까요? 정 서장님이라고 부를까요?"

같은 봉사자끼리 '서장님'이라고 부르면 아무래도 어색하고 거리가 생길 것 같았다.

"정마담이라고 부르세요."

쟁반을 들고 가는 내 모습이 딱 그 모양이었다. 선배 봉사자는 크게 웃음을 터뜨리더니 금세 이렇게 말했다.

"정마담, 깨지지 않게 잘 들고 오세요."

나도 이렇게 받아쳤다.

"네, 정마담 갑니다."

버티는 것도 힘들다

병원 앞에서 영구차가 나오는 걸 보았다. 혹시 내가 아는 환자분이 아닐까 하는 생각이 들었다. 봉사가 있는 날 병원에 도착하면 차에서 편한 옷으로 갈아입고 들어간다.

오후 1시, 시간에 맞춰 자원봉사자실에 들어가면 일찍 온 봉사자들이 반갑게 맞아준다. 빵도 사 오고 집에서 먹던 과일도 싸 오고, 한 주 동안 지낸 일, 환자들 이야기로 대화를 한다. 60세가 넘어서 막내 대접을 받는 기분이 그렇게 나쁘지만은 않다.

자원봉사자실에서 가장 먼저 하는 일은 당일 환자들의 명단을 확인하는 것이다. 일주일 동안 세 분이 돌아가시고 새로 세 분이 들어왔다. 1시 30분이 되니 간호사가 와서 회의를 진행했다. 환자 한 명, 한 명에 대해서 오전에 있었던 일과 오후에 해야 될 일에 대해서 알려주었다.

그러면서 지난주 돌아가신 김 할아버지에 대한 이야기가 나왔다. 처음에는 매우 힘들어했는데, 가족들과 화해하고 편안하게 돌아가셨다고 한다. 죽기 전에 가족과 화해하거나 용서를 하고 죽음 을 맞이하는 사람은 표정이 너무 다르다고 했다. 죽기 직전까지 오해를 풀지 못하고 미련을 남기고 가는 슬픈 인생도 있는데 얼마나 다행인가.

나는 호스피스 자원봉사를 하면서부터 내가 두 다리로 걸을 수 있고, 누군가를 도울 수도 있다는 것에 늘 감사했다. 비록 일주일에 4시간이지만 거기에서 삶을 배우고 어떻게 한 주를 살아야 할까 생각했다. 죽음을 매일 맞이하다 보면 무뎌질 것 같지만 그렇지만은 않다는 사실을 늘 깨닫는다.

수액으로 하루하루를 버티고 있는 이들에게도, 심장박동기 소리로 살아 있음을 겨우 신호로 보내는 이들에게도 죽음은 큰 숙제가 아닐 수 없다. 버티는 것도, 생과 사의 선을 넘어가는 일도 그들의 의지대로 되는 것은 아니기에.

죽음은 나도 모르게 조금씩 찾아온다. 내가 이 세상에서 없어진다는 것, 보고 싶은 사람도 볼 수 없다는 일은 슬픈 일이다. 종교가 있다면 각자의 종교대로 죽음의 두려움을 이겨나가는 방법을 찾겠지만 종교가 없는 사람은 그만큼 막막하고 두려울 것 같다.

호스피스 병동 봉사를 하던 중에 32세 여성 환자를 만난 적이 있다. 유방암이었는데, 온몸으로 전이가 되어 손쓸 방도가 없었던 모양이다. 얼마 남지 않았다는 선고를 받고 호스피스 병동으로 오게 되었는데, 딸이 이제 다섯 살이었다.

아무런 표현도 못하고 숨만 약하게 쉬고 있는 엄마는 이제 곧 마지막 순간을 맞이할 모양이었다. 그때 한 가지 걱정이 있었다. 아이에게 엄마의 마지막 모습을 보여주어야 할 것인가를 두고 진지하게 논의를 했다. 마지막 얼굴이니 봐야 하지 않겠느냐, 아이에게 큰 충격이 되고 상처가 될 것이라는 의견이 팽팽했다. 그러다가 얼굴을 보여주는 쪽으로 결론이 났다. 딸을 먼저 보내야 하는 친정어머니가 손녀를 병실로 데려갔다.

"엄마한테 가봐. 어서."

할머니가 손녀에게 엄마한테 가보라고 했지만 아이는 죽어 가는 엄마의 모습이 낯설어서인지 다가가려고 하지 않고 자꾸 할머니 뒤로 숨었다.

마지막 순간 온 힘을 짜내었던 걸까, 움직일 수도 없었던 엄마가 아이 쪽으로 손을 뻗었다. 그러자 주춤주춤하던 아이가 엄마 쪽으로 손을 뻗었다. 엄마는 아이의 손이 닿자마자 숨이 멎었다.

나중에 들은 이야기지만 아이가 아침마다 어린이집 차를 타기 전에 항상 엄마와 하이파이브를 했다고 한다. 먼 길을 떠나기 직전 엄마는 아이와 마지막 하이파이브를 하고 싶었을까? 아마도 엄마는 죽지만 아이의 인생에 마지막 응원을 하고 싶었던 것 같다. 앞으로 아이에게 엄마는 어떤 모습으로 기억될지 궁금하다. 매일 아침 기운 내라며 힘 있게 부딪치던 하이파이브의 의미처럼 아이가 마지막 엄마의 모습을 기억하며 굳건하게 살아가기를 기대한다.

아들아, 미안하다

47세의 아들을 간병하는 70대 노모가 있었다. 환자의 발 마사지를 하러 갔는데, 노모가 오줌이 새어 나와서 옷을 갈아입혀야 되니 그걸 도와달라고 했다.

침대에 누워 있는 아들은 눈은 뜨고 있었지만 말은 못하는 상태였다. 환자의 옷을 갈아입히려고 몸을 이쪽저쪽으로 돌리니까 내 손을 잡는 손에 힘이 들어갔다. 내가 약간 놀란 표정을 짓자 노모가 말했다.

"말은 못해도 무서운 건 아나 봐요. 그래서 몸을 움직이면 뭐든 잡으려고 한답니다."

환자복을 다 갈아입힌 뒤 따뜻한 물수건으로 발을 마사지하고 로션으로 마무리를 하고 있을 때였다.

"우리 아들이 이렇게 될 줄도 모르고, 그렇게 모진 말만 해대서…"

아침에 집을 나서는 아들에게 그렇게 사니 이 모양이라며 타박했는데 그날 교통사고로 식물인간이 되었다고 했다. 합병증까지 생겨 이제 마지막으로 호스피스 병원에 왔는데 그날 그 말이 두고두고 후회된다고 했다. 미안하다고 말을 해야 했는데, 지금은 알아듣지도 못한다고.

그날 병원을 나서며 나도 아들에게 모질게 했던 일이 있을까 돌아보았다. 아버지랑 같이 경찰청 관사에서 살았을 때였다. 그때 아들은 초등학생이었는데, 주의를 줘도 항상 변기에 오줌이 튀고, 세수를 하고 나면 바닥에 물이 흥건했다. 어리니까 당연한 일이었다. 하지만 바닥에 물기가 있으면 걷기 불편하신 아버지가 혹시나 넘어질까 걱정이 되어 수건으로 물기를 닦고 아들에게 잔소리를 해댔다.

그러던 중 아버지가 화장실에서 미끄러져 발목을 다치고 말았다. 나는 너무나 화가 나서 아들을 심하게 혼냈다.

"아빠가 몇 번을 얘기했어? 할아버지 넘어지면 위험하다고 수건으로 닦으라고 수십 번 얘기했는데 말이야. 강아지한테 교육을 시켜도 너보다 낫겠다."

나도 모르게 이성을 잃을 정도로 크게 화를 냈다. 아들이 정말 억울하고도 서운했을 것이다. 아들이 다 자라서 엄마한테 그 당시 섭섭했다고 말했단다. 그래서 아들이랑 다 같이 저녁을 먹던 날 용기를 내서 말했다.

"아빠가 너에게 용서를 구할 일이 있는데, 앉아봐."

"왜 그래요?"

"내가 예전에 화장실에서 할아버지 넘어지셨을 때 너한테 말을 너무 심하게 했는데, 미안하다. 용서해줄 수 있겠니?"

갑작스러운 말에 아들이 왈칵 눈물을 쏟았다. 아들의 눈물을 보자 그동안 내 말이 아들에게 얼마나 상처가 되었는지 깨닫게 되었다.

"진심으로 미안하다. 용서할 수 있겠어?"

한 번 더 용서를 구했다. 잘했다는 생각이 들었다. 그 말을 못했으면 아들은 평생 그 상처를 안고 살아갔을 것이다. 아내에게 말했다.

"당신도 나한테 서운한 것 있으면 말해. 용서를 구하게."

그랬더니 "한두 가지인 줄 알아. 수십 개야."라고 한다. 어떻게 말 한마디로 빚을 갚아보려고 했는데, 택도 없단다. 아내는 나를 너무 잘 안다.

죽을 때는 200만 원

호스피스 봉사를 하면서 삶이 완전히 변했다는 사람들이 많다. 어떤 사람은 봉사활동을 하면서부터 매년 12월 가족들이 모여서 짐 정리를 한다고 한다. 1년 동안 필요한 짐만 남기고 다른 것들은 재활용으로 내거나 기부를 한단다. 어쩌다 집에 누군가 방문하면 세간이 너무 없다며 놀랄 정도라고 한다. 당장 오늘 무슨 일이 생겨도 짐 정리가 필요하지 않을 정도로 단출하게 살고 있다는 것이다. 이뿐 아니다.

"사람 일 어떻게 될지 모르니 나중까지 미리 준비하고 있습니다."

남편이 퇴직을 해서 장례식에 올 사람도 없고, 친척들도 얼마 없으며, 자식들도 다 결혼을 해서 가족을 꾸리고 있어 많은 사람을 부를 필요도 없다는 것이다. 수의도 필요 없고 입고 있는 옷 그대로 가족들이 기억하는 모습으로 화장해달라고 말해두었다고 한다.

"그렇게 계산하니까 장례식 비용이 200만 원이더라고요."

사실 장례식에 들어가는 비용이 우리나라는 생각보다 많다. 절차는 또 얼마나 복집한가. 아버지 돌아가시던 날이 생각났다. 아버지를 잘 보내드린 것보다 사흘 동안 손님 치른 기억밖에 남지 않았다. 손님들 식사 대접에 장례 절차에, 부의금 처리 등 온갖 결정해야 하는 일들 때문에 정작 아버지를 어떻게 보내드렸는지도 모르겠다.

선배 봉사자의 말을 들으니 나부터 바뀌어야겠다 싶었다.

아내에게도 이렇게 말해두었다.

"우리 둘은 400만 원이면 죽을 때 걱정 없겠네."

쌓아두고, 욕심내지 말고 가볍게 비우고 나를 위해 살다가 가족들 곁에서 잘 마무리할 수 있으면 그것으로 충분하다.

윙크의 의미

"남편은 성실한 사람이었어요. 가족들 일이라면 최우선으로 알았습니다. 스물두 살에 중매로 만나서 결혼했는데, 모든 것을 남편이 해주었습니다. 심지어는 속옷까지 사다줄 정도였어요. 나는 그냥 집에서 세 아이만 키웠죠."

늙은 부인은 이렇게 말하면서 병동 침대에 누워 있는 남편의 가슴을 쓸었다.

"그런데 왜 가슴을 만져주세요?"

"남편이 이렇게 누워서 아무 말도 못 하고 있으니 얼마나 가슴이 답답하겠어요."

남편은 그저 천장만 바라보고 가쁜 숨을 내쉬고 있었다.

"얼마나 목이 탈까?"

아내는 거즈에 물을 적셔 남편의 입술도 닦아주었다.

"내 나이 78세고, 남편이 82세예요. 예전에는 70세까지만 건강하게 살다가 죽자고 둘이 그랬는데, 마음도 변하네요. 90세까지 건강하게 살다 죽자고 했는데… 그것도 욕심이겠죠?"

남편이 누워 있으니 어떤 마음이 드시냐고 물었더니, 항상 남편이 앉아서 신문 보던 자리가 있는데, 거기에 남편이 없으니 가슴이 미어진다고 했다. 병원에 오면 남편이 아무 말도 못 하지만 그래도 남편이 있으니 위로가 된다고. 이제 곧 남편을 보내야 하는 시간이 다가오는데, 두렵기도 하고 가슴이 아프기도 하다고 했다.

할아버지는 눈을 뜨고 있었지만 쌕쌕거리는 소리가 꼭 자고 있는 것 같았다. 하지만 손에 쥔 십자가를 절대 놓지 않았다. 간신히 손가락을 펴서 손을 닦아주고 다시 십자가를 쥐여 주었다.

"이렇게 십자가를 쥐고 계신 걸 보니 주무시는 건 아닌가 봐요. 하고 싶은 말 있으면 더 하세요. 나중에 후회하지 말고 자꾸 말씀 많이 해주시면 좋아요."

할머니는 남편을 지그시 바라보다 가슴에 담아둔 말들을 풀어냈다.

“여보, 우리 살아온 날 돌아보면 역경도 많았지? 그래도 당신은 원이 없잖아. 하고 싶은 것 다 하고 비행기 타고 많이 다녔으니까. 내가 몸이 아파서 간호는 못 해도 마음은 항상 당신 옆에 있어. 난 그저 감사할 뿐이야. 이 땅에 소풍 와서 당신하고 잘 놀았어. 내 말이 들리면 눈 한번 깜박해봐.”

할머니가 말하자 눈을 뜨고 코를 고는 것처럼 소리를 내던 할아버지가 갑자기 눈을 깜박했다.

“어마, 영감이 눈을 깜박했네요.”

다시 깜박해보라고 했지만 더는 반응이 없었다. 아마도 할아버지는 마지막 힘을 다해 한 번의 깜박임을 통해 늙은 아내에게 마음을 전한 게 아닐까?

아버지와 아들과 손자

1995년 4월에 어머니가 돌아가시고, 아버지는 2005년 12월 12일 돌아가셨다. 서로 의지하고 지탱해주고, 짜증도 받아주었던 어머니가 안 계시니 아버지의 삶은 고요한 침묵 속으로 들어간 듯했다. 의지하던 배우자가 죽으면 우울증이 찾아온다는 말을 실감할 수 있었다.

그러다가 세월이 약이라고 아버지도 어머니의 죽음에서 조금씩 벗어나는 듯했다. 함께 살면서 그나마 아들이 의지가 되었던지, 아버지는 내가 퇴근해서 돌아오기만을 기다리셨다.

여름에는 더위에 팬티 한 장만 입고 있었는데, 새것도 많은데 하필 구멍이 난 걸 입고 있기에 아내와 아이들 보기가 민망해서 잔소리를 하기도 했다.

"아버지, 구멍 난 것 입지 말고 새것으로 입으세요."

"내가 어디 갈 데도 없는데 새거 입으면 뭘 해?"

본인도 민망해서 둘러대는 말이었겠지만, 나는 우리의 인생 후반이 이렇게 쓸쓸할까 하는 생각이 들었다. 젊었을 적에는 갈 데가 없어도 무조건 집 밖으로 쏘다녔는데, 나이 먹으니 대문 밖을 나서는 것만으로도 기력에 부친다.

"갈 데 없으면 경로당에라도 가셔요."

이렇게 말하면 "그런 데 나는 안 간다!"라고 말씀하신다. 나중에는 이렇게도 말씀하셨다.

"기룡아, 재미있게 살아라. 너무 숨 가쁘게 살아오다 보니 나는 아무것도 남는 것이 없다. 너는 처자식들과 재밌게 잘 살아라. 그게 남는 거다."

아버지가 원망스러웠던 적이 많았다. 하지만 아버지는 아버지의 인생을 사셨고 나는 내 인생을 살았으니 그걸로 됐다. 내 아들에게 나는 어떤 아버지였나 생각해봤다. 아들도 나처럼 원망스러웠던 부분이 있을 것이다. 그리고 철이 들면서 내가 아버지의 나이를 계속 뒤따라가면서 아버지의 인생을 인정하고 받아들이듯 아들도 내 인생을 따라오며 나를 인정해줄 날이 올 것이다. 그래서 나는 오늘도 두 발에 땀나게 뛰어다닌다.

호스피스 병동에는 환자들이 임종할 때 가는 병실인 사랑채가 있다. 그날은 모처럼 사랑채가 이벤트로 분주하던 날이었다. 풍선을 붙여 장식을 하고, 케이크와 꽃다발도 준비되었다. 사람들이 자리를 잡고 앉아 있자니, 잠시 뒤 남편이 아내가 탄 휠체어를 밀고 들어왔다. 오늘이 결혼식 25주년째라고 해서 호스피스 병동에서 축하 파티를 준비했다. 직장에 있는 딸이 엄마에게 쓴 편지를 남편이 대신 낭독했다

"엄마, 새삼 불러보니 쑥스러운 것 같아요. 시간이 이렇게 빠른지 지금 알았어요. 엄마, 아빠 결혼 25주년을 축하해요. 감사해요, 나를 낳아주고 이렇게 길러주셔서. 지금 생각해보면 엄마를 위해 한 것이 아무것도 없는 것 같아서 가슴이 아파

요. 그래도 엄마, 힘들어도 회복하겠다는 강한 마음을 가져줘요. 엄마가 이 세상에 있는 것만으로도 나와 동생들은 위로가 돼요. 엄마가 이 세상에 없는 걸 나는 상상할 수 없어요. 엄마, 알죠? 내년에 26주년 결혼기념일에도 또 파티를 열 수 있게 기도할게요. 엄마, 한 가지만 부탁할게요. 나중에 다시 태어나면 엄마가 내 딸로 태어나줘요. 내가 엄마의 엄마가 되어서 다 돌려주고 싶어요. 엄마가 나에게 베풀어준 것 그 이상으로요."

가냘픈 호흡의 부인이 먼저 눈물을 글썽였고, 편지를 읽어주던 남편도 이쯤 되자 목이 메어 이어가지를 못했다. 엄마의 엄마가 되어 받은 사랑을 되돌려주고 싶다는 딸의 말에 나도 가슴이 먹먹했다. 부모와의 이별을 준비한다는 건 그렇게나 애잔하고 절절한 것임을 새삼 깨닫게 되었다.

남편이 울음을 참아가며 겨우겨우 편지를 끝까지 읽자, 간호사가 말했다.

"따님이 특별히 부탁한 것이 있는데, 두 분이 손으로 하트를 만들어 사진을 찍고, 아버님이 어머님을 꼭 안아달라고 하네요. 그전에 아내분에게 하고 싶은 말이 있으면 하세요."

"여보, 사랑하고 고마워. 내가 아픈 게 차라리 나은데, 왜 당신이 아픈 건지…"

말을 잇지 못하는 남편에게 얼른 아내를 안아주라고 재촉하자, 남편은 아내를 안으면서 울음을 터트렸다.

"이 좋은 날 노래가 빠지면 안 되겠죠? 결혼 축하곡 한번 불러줄까요?"

간호사의 말에 모두가 한목소리로 결혼 축하곡을 부르기 시작했다.

"결혼 축하합니다. 결혼 축하합니다. 김순이 님 결혼을 축하합니다."

노래를 부르다 나도 눈시울이 시큰거려 혼이 났다. 그리고 딸을 위해서도 그 부부의 결혼 26주년 기념일이 꼭 찾아오길 기도했다.

"오늘 점심 메뉴는 뭡니까?"

호스피스 병동 자원봉사를 하면서 좋은 점은 봉사하는 날 충남대병원 구내식당에서 점심을 공짜로 먹는 것이다. 의사, 간호사 등 병원 관계자들이 줄을 서서 들어가는데 봉사자 이름표의 바코드를 대면 나도 당당히 입장할 수 있다. 배급해주는 조리사가 "식사 맛있게 하세요."라고 인사해주면 괜히 나도 의사가 된 것처럼 우쭐한 기분이 들기도 했다.

자원봉사를 마치고 돌아가려는데, 담당 간호사가 금요일에 손이 필요한데 또 나오실 수 있냐고 물어서 그러겠다고 했다. 그날은 병동으로 들어서니 분위기가 묘하게 들떠 있었다. 흔히 장례식이라고 하면 죽은 다음 치르는 게 맞는데, 병동에서는 살아 있을 때 장례식을 치른다. 죽어서 부의금 들고 찾아오지 말고 살아 있을 때 얼굴 한 번 더 보자는 뜻이다.

검은색 옷 대신 밝은 복장으로 작은 선물을 준비해서 보고 싶은 사람들이 찾아왔다. 그리고 건강했을 때처럼 수다를 떨고 예전에 좋았던 기억을 회상했다. 비록 먹고 싶은 음식을 마음대로 먹지는 못하지만 병동 정원에서 웃는 얼굴로 사진을 찍기도 하고 사소한 이야기들로 웃음꽃을 피웠다.

그런 모습을 보니 너무도 좋아 보였다. 눈물을 흘리고 슬퍼하며 그 사람을 보내는 것이 아니라 살아 있을 때 보고 싶은 사람과 만나고 수다를 떨면서 웃으면서 보낼 수 있다니!

죽은 다음 사진으로 만나는 것이 아니라 살아서 웃으면서 만나는 장례식이라. 살아 있을 때 그런 결정을 내리기 쉽지 않았을 텐데 그분을 보니 존경스러워졌다. 나의 장례식도 살아 있을 때 그렇게 웃으며 진행되면 좋겠다. 생각난 김에 아내에게 말해주기 위해 전화를 했더니 "지금 회의 들어가니까 끊어. 급한 일 있으면 메시지 남겨." 하며 먼저 전화를 끊어버렸다.

"참 매몰찬 여자네."

순간 서운한 마음이 들었다. 그런 여자와 30년을 살 붙이고 산 나도 참 대단하다.

나중은 기약하지 말자

두 시간에 한 번씩 등 마사지와 발 마사지를 해달라는 간호사의 말에 대야와 수건, 마사지 크림 등을 들고 병실로 들어가자, 누군가가 알은체를 했다.

"서장님 아니십니까? 저, 이○○입니다."

충남경찰청 강력계장으로 일하던 시절에 강력계에서 같이 근무했던 이였다.

"아, 네. 오랜만입니다."

대야를 내려놓고 반갑게 악수를 했더니, 그가 내 명찰을 보고 물었다.

"자원봉사자? 여기서 봉사활동하세요? 회사를 다닌다고 들었는데요?"

월요일 오후에 병동에서 나를 본 것이 놀라웠나 보다.

"네, 회사에서 편의를 봐줘서 매주 월요일 오후에는 봉사활동을 하고 있습니다. 그런데 무슨 일로 호스피스 병동에 계세요? 누가 편찮으신 거예요?"

"2년 전에 아내가 폐암에 걸려서 치료를 했는데, 이제 온몸으로 퍼져서 여기로 오게 되었어요."

나는 그 말에 아무 말 없이 그의 두 손을 잡고 토닥여주었다. 병상에 누워 있는 그의 아내를 보니 막상 위로의 말이 전혀 떠오르지 않았다.

"제가 퇴직 전에 바리스타를 배웠거든요. 경찰 생활 34년 하고 이제 시골에 가서 작은 커피숍을 할 생각이었습니다. 아내랑 여행을 가려고 캠핑카도 준비했는데, 이렇게 덜컥 암이 먼저 찾아왔네요. 하고 싶은 것 한번 해보지도 못하고 이렇게 됐습니다. 경찰 생활 하면서 좋은 일 한다고 생각했는데, 왜 이런 일이 저한테 생겼는지 모르겠습니다."

그의 말투나 손길에서 아내에 대한 애정이 뚝뚝 묻어났다. 2년이면 지칠 법도 한데, 지극정성을 다하고 있었다.

"저 자리에 제가 누워 있는 게 차라리 마음 편할 것 같아요. 지금은 아무런 의식이 없습니다. 제가 해줄 수 있는 거라고는 두 시간마다 체위를 바꿔주는 일인데요, 제 손이 닿을 때마다 고통스러워하는 것을 보니 가슴이 아픕니다. 어른들이 종종 그런 말을 하지 않습니까. 이제 좀 살만 하니까 죽는다고. 그날이 이렇게 빨리 올 줄 몰랐어요. 다시 2년 전으로 돌아간다면 후회 없이 시간을 보낼 텐데 전 바보입니다. 아내가 부탁하면 알았다면서 매번 미루기만 했는데, 지금 와서 생각해보니 그것이 가장 후회스럽습니다."

그는 아내에게 미안한 마음을 가슴속에 가득 담아두고 있었다. 마지막이 다가왔다는 것을 알아서인지 그의 목소리가 한없이 침울했다. 강력계에서 일할 때만 해도 누구보다 활기찼던 사람이었는데….

나중에 하자, 나중에. 이렇게 말하면서 미래를 기약하지 말고 지금 당장 해야 할 일, 하고 싶은 일을 해야 한다.

남편이 침대에 누워 있는 아내의 얼굴을 사랑스럽게 만지면서 말을 걸었다.

"나 보고 있어? 나 보고 있지?"

남편은 옆에 있는 나에게 아들이 왔을 때는 아들 이름도 불렀다고 했다. 눈만 껌벅이는 아내는 뭔가 말을 하려는 듯 입을 움찔움찔거렸지만 내 귀에는 무슨 말인지 들리지 않았다. 하지만 남편은 아내의 얼굴만 보아도 무슨 말을 하는지 다 안다고 했다.

옆에서 봉사자가 아내 얼굴을 너무 세게 만지면 아프니까 그만하라고 해도 남편은 손을 떼지 못했다.

옆에는 친정어머니도 있었는데 그저 하늘만 쳐다보고 깊은 한숨을 내쉬었다.

"아들이 이제 열여덟 살인데…."

그 곁에 있는 아들이랑 딸은 엄마 얼굴을 제대로 보지도 못하고 눈물만 뚝뚝 흘리고 있었다. 의사는 이제 임종기에 들어간다고 말을 했고, 남편이 다시 아내를 만지면서 마지막 말을 나누었다.

"여보, 우리 그동안 좋았지? 생각해보니 내가 못 해준 게 너무나 많았어. 이별의 시간이 이렇게 빨리 올 줄 모르고…. 우리가 허리 굽어서도 손 잡고 다닐 줄 알았는데…. 여보, 너무 빠르잖아. 여보, 이게 끝이 아닌 거 알지? 나중에 우리 다시 만날 거잖아. 거기선 아프지도 않고 힘든 일도 없을 거야. 당신 먼저 가서 기다리고 있어. 내가 금방 따라갈 거야. 아주아주 나중에 우리 애들도 다 같이 만날 수 있을 거야. 외로워하지 말고 잘 있어야 해. 그런데, 여보, 당신에게 한 가지만 부탁할게. 오늘 하루만 더 버텨줄 수 있어? 우리 내일 이별하자. 응? 난 그것으로 족해."

남편이 왜 하루를 버티라고 하는지 이유는 알지 못했지만, 그 간절한 마음이 이루어지길 기도했다. 그리고 그 하루하루가 이어져 다음 주 월요일에도 뵐 수 있기를 바랐다.

다음 주에 가니 다른 분이 그 자리를 채우고 있었다. 하지만 그 아내는 남편의 부탁대로 하루를 더 버티고 다음 날 세상을 떠났다고 한다.

힘 빼는 데 몇 년 걸리셨습니까?

경찰서장으로 은퇴하면서 힘 빼고 내려놓기 위해 때로는 싱거운 사람처럼 너스레도 떨어대지만, 여전히 높은 방어벽이 있다.

"그래도 내가 옛날에…"

불쑥 나도 모르게 이런 말이 나오기도 한다. 그럴 때마다 깜짝깜짝 놀란다.

평생 어깨에 들어간 힘을 빼지 못해 노년에 자기가 설 자리를 찾지 못하는 사람도 많다. 나도 힘 빼고 살려고 나름 노력하며 살지만 한껏 치켜 올렸던 어깨 높이가 내려가는 데는 몇 년이나 걸렸다.

순탄한 인생이 아니어서, 남보다 애쓰고 살아서 보상을 받고 싶었는지도 모른다. 하지만 누군들 애쓰지 않고 살았을까. 최근 호스피스 병동에 다니며 나의 죽음을 대면하고 나니, 내가 붙잡고 있는 것이 얼마나 허망한 것인지 알게 되었다.

물론 쉬운 일은 아니다. 제각기 살아온 인생이 있고, 살아가는 방식이 있기 때문에 이래라저래라 말하기도 어렵다. 어떤 사람은 힘 빼느라 살이 쏙 빠지기도 했단다. 그만큼 스트레스가 되기도 하고, 자기와의 긴긴 싸움인 것이다.

그래도 답을 찾자면 정말로 솔직해질 필요가 있다. 그리고 내 것이 아닌 것에는 관심 끊자. 힘 빼고 두리번거리다 보면 진짜 내 일이 보일 것이다. 또 하나, 두려워하지 말자. 나이를 먹으면 겁쟁이가 된다. 그래서 고집을 부리고, 힘을 꽉 주고 버티려고 한다. 나도 솔직히 두렵다. 하지만 두려워하며 도망만 치다가는 만년 민폐 인생이 될 뿐이다. 아직 한참 일할 나이고, 재밌게 살 나이다. 젊었을 때처럼 뱃심 좋게 외치고 지금 당장 계획하고, 도전하고, 맘껏 즐기며 살아갔으면 좋겠다.

오팔세대 정기룡,

오늘이 더 행복한 이유

초판 1쇄 인쇄 2020년 2월 7일
초판 1쇄 발행 2020년 2월 12일

지은이 | 정기룡
펴낸이 | 한순 이희섭
펴낸곳 | (주)도서출판 나무생각
편집 | 양미애 백모란
디자인 | 박민선
마케팅 | 이재석
출판등록 | 1999년 8월 19일 제1999-000112호
주소 | 서울특별시 마포구 월드컵로 70-4(서교동) 1F
전화 | 02)334-3339, 3308, 3361
팩스 | 02)334-3318
이메일 | tree3339@hanmail.net
홈페이지 | www.namubook.co.kr
블로그 | blog.naver.com/tree3339

ISBN 979-11-6218-088-4 03810

값은 뒤표지에 있습니다.
잘못된 책은 바꿔 드립니다.

이 도서의 국립중앙도서관 출판예정도서목록(CIP)은 서지정보유통지원시스템 홈페이지(http://seoji.nl.go.kr)와 국가자료공동목록시스템(http://www.nl.go.kr/kolisnet)에서 이용하실 수 있습니다.(CIP제어번호: CIP2020002270)